著 陈湘迪

石田耕云录

——穆鸥诗词集

中国出版集团　现代出版社

图书在版编目（CIP）数据

石田耕云录 ： 穆鸥诗词集 / 陈湘迪著. -- 北京 ：
现代出版社，2018.3

ISBN 978-7-5143-6830-7

Ⅰ．①石… Ⅱ．①陈… Ⅲ．①诗词－作品集－中国－
当代 Ⅳ．①I227

中国版本图书馆CIP数据核字(2018)第019815号

石田耕云录：穆鸥诗词集

作　　　者	陈湘迪	
责任编辑	杨学庆	
出版发行	现代出版社	
地　　　址	北京市安定门外安华里504号	
邮政编码	100011	
电　　　话	010-64267325　010-64245264（兼传真）	
网　　　址	www.1980xd.com	
电子邮箱	xiandai@vip.sina.com	
印　　　刷	成都市兴雅致印务有限责任公司	
开　　　本	710mm×1000mm　1/16	
印　　　张	18	
字　　　数	157千	
版　　　次	2018年3月第1版　2018年3月第1次印刷	
书　　　号	ISBN 978-7-5143-6830-7	
定　　　价	63.00元	

自　序

　　中国是诗的国度，传统诗词源远流长，若将之比喻为一条长河，则《诗经》、《楚辞》、汉赋、汉乐府、唐诗、宋词、元曲都是一波接一波的浪花，姿态各具，浇溉、滋润历朝历代。到了二十世纪初，由于受到新文学运动以及新诗的极大冲击与挤压，被迫转入地下，形成地下潜流，在默默潜行。直到八十年代，才重见天日并发扬光大，蔚为大观。这条长河之所以能几千年长盛不衰，奔腾不息，乃是因为水源充沛。诗的露珠、泉眼无处不在。无论贩夫走卒，还是僧道村民，无不受到诗教的熏陶，诗料的滋养，出口便是诗章。我能几十年如一日，爱诗如命，坚持读诗写诗，就是得益于此。试举数条，便知所言不虚。

　　我母亲出身贫寒，没读过一天书，但她敬重学问，重视教育，为我们五兄弟多读书、读好书费尽心血。她还是我诗歌的启蒙老师，我在牙牙学语时，她就教给我好多童谣，至今记忆犹新。如"虫仔虫仔飞，飞到花园里，捡扎咯咯蛋，拿且宝宝巴早饭"。还有"月光光，海光光，打放哥哥进学堂，学堂满，挂笔管，笔管空，挂凉棚，凉棚乙（瘪），挂竹叶，竹叶开，挂秀才，秀才出来拜三拜，黄狗咬断金腰带"……

　　村里有个农民，是文盲，家境不好，但生性诙谐，好编顺口溜，开口常说"天赐过"，人们便以此给他起了外号。他给自己一家人编的顺口溜是："二爷（父亲）凹（买）酒呷，二娘（母亲）

奢（讲）白话，二聋（大弟，耳背）捞鱼虾，三弟（小弟）推（磨）粑粑，桂芳（妹妹）爱乖她（打扮），只有我就挨哈打（受批评、被打骂）。"

我的一位忘年交，在他热血沸腾的青春时代，干脆组织了一个诗社，并在那年中秋节举行了一次诗会（仅此一次），在会上他即兴吟诗。以"中秋月夜"为题，诗为："终日忧愁肿满怀，秋时来到万物衰，月出枝头长自叹，夜静唯思爱人来。"以诗律衡之，并未完全合格，但在当时，我认为写得很好，对他佩服得五体投地。

与我邻村的同人，教民办的刘老师，爱写打油诗，有一首咏某代课教师的诗这样开头：八月十五应邀来代课，收拾行装坐小拖（拖拉机）。崀山进来是联合，转弯看到户一座，土砖房子砌吊脚（楼）……

舅舅来我们家时，也常给我们带来诗教的故事，一个故事讲有个土财主，家有四个儿子都挺聪明，财主一心发家致富，不送儿子念书。一天，财主到县衙门，状告儿子忤逆不孝，县令升堂问案，问他所告何事？他说："昨天，我要他们齐去车水抗旱，他们非但不去，反而强词夺理，一人一句，凑成四句话来搪塞我：'东边起乌云，西边黑沉沉。只怕有雨落，水也车不成。'"县官听罢，惊堂木一拍："好个守财奴，家有聪明子弟不知延师课读，反来诬告，打二十大板，逐出去！"

正是这些形式多样、活色生香的诗歌元素深深地吸引了我，使我走上了诗歌阅读与写作的道路，如痴如醉，无怨无悔。我的一首词，见证了我对诗词的热爱与投入程度，词为：

临江仙·诗词癖

忆昔家山娇媚，酿成绮梦三千。伤时阅世历经年。浮生随俯仰，凤愿未曾捐。

此日居家闲散，倾心缠定诗篇。夜深人静兴未阑。挠头敲一字，苦乐正相煎。

诗词为什么对我有这么大的吸引力呢？孙先生说："顶尖的语言艺术是诗词，诗词是艺术王冠上的明珠。"阅读一首优秀的诗词作品，灵魂便得到一次净化，心灵即受到一次洗礼。全身心地构思、写作一篇诗作，是创造美的过程，也是思想意识升华的过程。诗在心中，能"养活一团春意思"；诗在笔下，便"花有清香月有阴"了。来到晚年，在衣食住行得到保障的前提下，只要眼中有诗，笔下有诗，心底有诗，就能基本实现"诗意地栖居"的美好境地。

一路走来，集四十余年所得，便有了这本诗稿。

最后说说书名。石田村是我土生土长并在此生活了近一甲子的故乡，她是世界自然遗产地的核心景区之一。这里自古流传着一首诗："千里来龙到石田，一对蜡烛插青天。谁能葬得此冢地，世世代代出状元。"二〇〇九年，为助力家乡申请世界自然遗产，我带头拆迁，举家搬离故乡。"石田"，顾名思义，缺泥少土，无法耕作。唯有山间之美景，岭上之白云，以资徜徉。以"石田耕云录"为书名，是为表达对故乡的不舍与怀念之情，感恩故乡对我的大爱厚恩，寄托一缕浓浓的乡愁。

是为序。

2018年1月于连村北大门居所

一自序

目录

卷一　古体

卷二　律诗

目录

目录

卷三 绝句

（一）五绝

目录

目录

卷四　词

目录

卷五　散曲

卷六　自度曲

卷七　赋

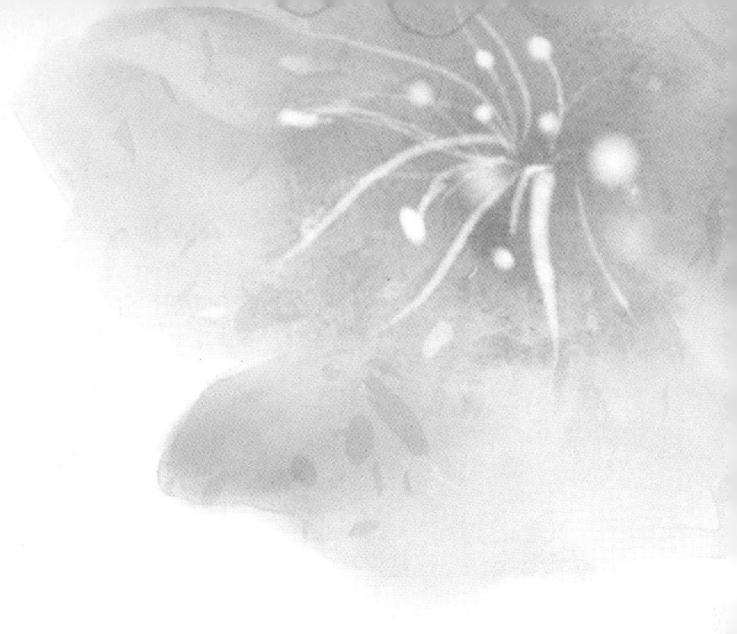

卷一　古体

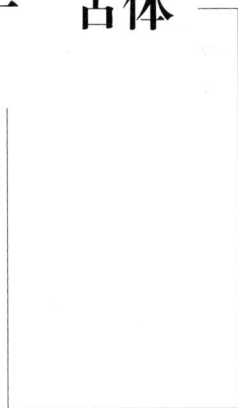

致母亲

人世千般爱，母爱最高洁。

白发为我添，疾病因我得。

衣被久单薄，身形渐骨立。

我近而立身，离家外就学。

事乖心气浮，形枯病常得。

母不辞辛苦，方药殷勤觅。

得药辗转行，径来陌生地。

接药心伤悲，和泪吞入腹。

服药我病舒，母老身心疲。

即刻别我行，"留此终无益"。

行行车去远，我痛悲声发。

寸草负春晖，余心常自责。

1981年5月12日

有所思

殷忧旷世稀，月暗寒山谷。

质洁难自赏，踌躇伤幽独。

我愿乡贤心，化作瞳瞳目。

引领前路去，免效穷途哭。

1982年3月2日

近感（三首）

一

触目悠然，情胜春江南。

若同太白生，必共长安。

清影流连，妙手难全。

心明澄百念，如饮甘泉。

二

双星并起，情风意雨。

婀娜风姿，春花竞美。

一枝才苞，数卉呈蕾。

造物逞才，我心震怖。

三

天生明玉，惹得凡心骤起。

闪若明星，与其瞳荟萃。

欣赞实多，兰、菊、丹桂。

煞费苦心，月华如水。

1977年2月5日

暑假第一日

聚时多益善，慷慨送依偎。

欣慰积诗帖，依稀屈宋才。

怜香愁纳彩，惜玉隔山隈。

食此微尘禄，锻炼诚活该。

盈盈罢钓去，局中人太呆。

困久方脱去，思此有余哀。

终无断腕法，釜鱼叹薪柴。

1978年7月16日

看友人信有感

往日纷纭忍回首，云烟过眼景依旧，可怜茅庐忒简陋。

岁月流光春渐瘦，物伤其类心酸楚，无言独对寒冬柳。

1980年12月22日

师范毕业，夜无眠，起而作

绿树绽新葩，飘然红似火。

花好惜难长，一任愁如酒。

清夜对孤灯，无计酬芳蕊。

欲将心事寄婵娟，清辉肯为致意否？

1982年5月

九二年暑假之初，喜见友人来，因赠以诗

雄鸡三唱夜已残，披衣无奈倚窗前。

陋室缘何匿阿娇？心潮阵阵逐浪高。

上苍有意出难题，木石前盟不称意。

造物怜我肠千结，风雨纷呈消炎热。

往事历历细可闻，亭亭玉立更销魂。

长日仅从梦里见，今夕忍将佳人撵？

男儿偌个不钟情？我独憨若惠生也无因！

1992年7月

摔跤行

一九九五年三月一日，骑单车在教室门前摔下坎，头破三洞，诗以记之。

昨夜梦醒无凶兆，今早未闻乌鸦叫。

是祸毕竟躲不过，不该驾车过墙脚。

朗读《瓷器》犯了忌？所幸保全右手臂。

不是车技不如人，更没分心看女人。

只怪单车脾气拧，双轮执意往外滚。

你不怕死我亦然，比拼双双去跳崖。

摔跤不过头点地，鲜血果然浓于水。

地皮无恙头皮破，老婆领我去上药。

造物赐我非美男，此后尊容更难看。

弟子闻讯喜且忧，喜不留堂忧我头。

花钱买痛何所惜？饿坏酒瘾干着急。

1995年3月

为漆柏兰题字

凑个热闹，别论拙与好。

向学即是缘，不管愁与躁。

雨正烦人，离愁又笼罩。

珍惜聚时分，临歧余一笑。

岁月不居，人生易老。

雪泥鸿爪认前尘，惜时宜趁早。

1998年3月6日

赠N君（二首）

一

知名三载前，有缘终相遇。

接物有高招，交友诚不伪。

执着韧似棉，清纯净如水。

戏言此地佳，久居宁不悔？

二

枉住废寺二十春，诗心琴韵久凋零。

淑女宛如天外落，风吹银线海潮生。

中有夙缘定遇合，才通名讳便求助。

腹有才情乐挥手，江潮灵动风雷吼。

我居斗室傍巾帼，姊妹情深云共月。

切磋无妨耳鬓磨，新潮逐浪东方白。

相知日深情亦浓，云月难当两心同。

蝶恋花蕊封姨妒，弄潮儿退急潮中。

地各一方长相思，徘徊廊下神已驰。

诗潮枯涩转昂扬，而今如水报君知。

盛年不再情难却，亦痴亦狂真本色。

君不见，古来迁客骚人俱风流，

我独循规蹈矩，漫漫长夜何由彻？

2005年9月15日

近　感

寻梦落业水，日日归来晚。

此中有真趣，非独尘嚣远。

2006年9月4日

假日有感

昼长少农事，暑假常慵起。

牧鸡择旧居，种橙薄肥水。

日高且观书，夜临辄纳履。

偶吟打油诗，幸无尘嚣累。

2007年7月3日

卷一　古体

歇晌

日高禾叶垂，白驹正过隙。

向午寂无人，卧听风涛发。

2007年7月4日

赠友

今岁称炎暑，红尘任熬煎。

我本离群者，索居在故园。

回首昔年事，此心匪石磐。

虽非风雨夕，联床话经年。

良会能几时，星散为情牵。

晚生蒲柳质，孰与松柏坚？

时光驹过隙，华发情何堪？

东隅失也早，桑榆若为缘？

驽马强弩末，鲁缟势难穿。

造物置我逆，要之若素安。

余资分黑水，退步望青山。

高明倘命驾，剪烛西窗前。

2007年8月1日

天　旱

流金自九天，烁石在三楚。

射弹空输资，祈神空劳汝。

稼禾如锅蚁，黎庶蒙汤煮。

安得缚苍龙，甘霖盈江浒。

2007年8月4日

代白头吟·赠汤业永同学

数承垂问感慨生，风霜难抹廿年情。

昔会金城尚少壮，上访邵州鱼破网。

遭遇不公痛陈辞，待遇等同赖有司。

卷一　古体

修习平时各西东，岁考来时变书虫。

亦有分心旁骛之某公，削籍回乡徒书空。

学问非仅文字中，书外秘方忒难通。

君不见，积分榜上平平者，求仕从商皆有诀。

三载学成何所值？僻乡荒寺训童子。

遭逢恶吏乱教育，造孽我乡罪难书。

沉舟侧畔千帆起，头白心灰思归里。

同窗有志心诚服，实学力行功夫足。

奏功之日宜勇退，野鹤闲云别有趣。

修养身心驻衰颜，红尘浊世两相参。

咫尺万里少音信，别后寒温各自珍。

2007年8月12日

咏宋先生

订交三十载，儿女忽成行。

考科曾助力，筑巢也帮忙。

研医逞口舌，读《易》欠周详。

"插门"敢言倒，坦腹岂是"郎"！

又学堪舆术，命书堆满床。

2008年1月26日

鸡蝶斗

紫蝶翩翩飞，小鸡苦苦追。

蝶羽轻且巧，鸡步跟跄倒。

蝶儿忽坠地，雏鸡心窃喜。

二羽合一起，薄如一片纸。

欲啄疑复止，黠蝶冲天起。

上飞还盘旋，小鸡愤欲死。

2008年8月20日

嵋山申遗颂

寰球上溯白垩纪，丹霞地貌孕期间。

神州丹霞七百处，瑰奇雄丽湘西南。

色如渥丹灿若霞，顶级资源即是她。

优美奇奥冠中华，国之瑰宝真奇葩。

舜帝南巡入湖湘，惊此山水世无双。

龙心大悦赐名"崀"，"山之良者"名实当。

崀山沉睡千万年，世间沧海变桑田。

东望南岳南桂林，北边即是武陵源。

崀山山水天独厚，不为人知处幽独。

山水灵气慰人文，将星璀璨不胜数。

君不见，抗金名将杨再兴，八角寨上练奇兵。

直叫兀术胆气丧，小商河上奠英魂。

又不见，清季英雄出其间，楚勇追随江中源。

左季高，曾国藩，一时名将遍江南。

神工鬼斧天一巷，千仞高崖开一线。

横空出世天生桥，千秋万载不动摇。

夫夷江上波涛兴，戎装战士临水滨。

昂首峭立八角寨，北望鲸鱼正闹海。

崀山、桂林、武陵源，风景各殊伯仲间。

武陵申遗一枝秀，崀山宁愿落人后？

痛定思痛谋赶超，县委、政府出奇招。

旅游立县定战略，申遗硬仗刀出鞘。

张掖会上发倡议，联合申遗定大计。

敢为人先得响应，六省二市共进退。

四年申遗多磨炼，申遗精神做策鞭。

尊重科学加苦干，坚韧不拔众志坚。

咬定青山不放松，霸蛮前行积寸功。

披荆斩棘破冰行，干群合力筑长城。

迎检工作丝成团，环境整治头绪繁。

千名干部下基层，进村入户排万难。

设施建设标准高，工期苦短怎开交？

"5+2"，"白+黑"，崀山速度巧支招。

尊重科学不冒进，邀请专家细论证。

认定价值有准心，中规中矩编文本。

全县人民一条心，民居搬迁作牺牲。

为足申遗桑梓愿，舍我其谁甘奉献。

万事俱备乘东风，巴西利亚决雌雄。

书记手机传捷报，锦绣山城沸腾了。

破茧成蝶鱼化龙，三乡儿女沐春风。

申遗犹如一战争，县委政府大本营。

优秀指挥百万兵，运筹帷幄奏功勋。

捆绑申遗犹借力，以多敌少兵法宜。

先从国内破重围，再与外邦去角力。

专家好似诸葛亮，料事如神坐军帐。

克敌制胜好参谋，尊重科学军威壮。

内引外联稳操盘，斗智斗勇在战前。

一着不慎即败北，小心驶得万年船。

农民公园——申遗地，八年申遗创奇迹。

后发赶超有契机，北张南崀并驾驱。

申遗只是第一步，今后任务更艰巨。

开发利用重保护，崀山属于全人类。

翘首前瞻三五年，此地风光胜似前。

北张南崀一条龙，首尾呼应奏全工。

2010年11月30日

为外孙画像（二首）

一

"北大门、外婆家"，招手遥看公交车。

路遇外婆拉紧手，"爷爷、奶奶走开些！"

二

"外公、抱抱！"拥入屋，敲敲这边那边摸。

临行蓦地进一句："今日外公高兴吗？"

2014年12月16日

即　事

柔术渊路远，融情我不能。

莲潭空朗月，夜夜卧寒冰。

2016年3月17日

致烟云山人

家住仙都云岭上，妇随夫唱神仙样。

闲言碎语又如何？众生普度功无量。

2016年5月25日

杜娟介绍范桂凤入群，戏题

文苑如情网，激情全喷放。

新人伯乐推，前路何能量！

2016年6月8日

七古·赠晚枫醉红

夏深结队邵东行，昭阳阁上遇主宾。

邵新同赴四方馆，展艺品茶真温馨。

此地欣逢红霞妹，质朴热情见率真。

幸有闺密来引见，始知文墨功夫深。

九龙岭下存玉照，相交相惜自此行。

归来渴念情难抑，诗词往来辞义真。

今生碌碌无造就，睹君大作惊天人！

佳联绝对讶未见，老夫俯首甘称臣！

辞章清丽意境美，直疑易安是前身。

得友唯恨相遇晚，从今论艺有知音。

茫茫人海千百万，真情挚友几人能？

况能共爱诗文艺，天造地设弥足珍。

功名利禄浮云外，与君携手学海行！

2016年7月25日

无题有寄

丙申石火逢，思致延丁酉。

寒夜念芳华，此情君可有？

2017年2月3日

苦 雨

淫雨连绵下，芬芳何处寻？

夕阳才露面，转瞬墨云深。

2017年3月12日

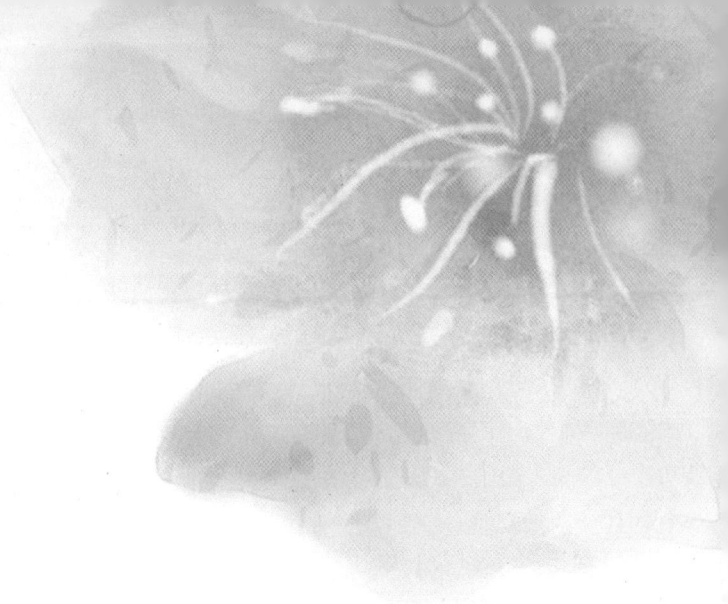

卷二　律诗

挑石灰矿石伤足重有感

疗伤才十日，倏忽若经年。

室陋鲜邻并，晨昏面壁眠。

金乌移岭表，月魄在潭渊。

豪气方受挫，征途敢歇肩？

1972年2月14日

偶　兴

寂寞居乡里，寡闻井底虫。

无台难得月？有志敢如虹。

大野多钩棘，当途有槛笼。

无言常戚戚，安得鸟途通。

1972年8月17日

小吟夏景

青天澄四野，日上暑源成。

岭树高底翠，溪泉断续鸣。

松如龙骼老，竹伴风雨生。

归卧南窗下，凉风入梦轻。

1973年6月22日

二十自题

揽镜来相照，抛光二十年。

贪玩无长进，猥琐不如贤。

修地诚危难，登高最易旋？

反观增愧悔，跬步冀趋前。

1973年6月23日

故乡回眸

危石何时有？乾坤造化功。

青椒当广袤，赤骆踏苍穹。

雁荡山巅草，鹰凌岭上枫。

高松风助舞，月上晚霞空。

1976年8月16日

游飞廉洞

寂寂清幽地，掀帘洞府呈。

清泉闻呜咽，怪石见峥嵘。

岩露日光酷，坑深冷气盈。

此身闲半日，天籁慰平生。

1976年8月17日

连山小学监考所见

群峰移近影，捧得绣球回。

天显三纲正，坪呈五彩瑰。

溪流依峭壁，潜脉傍山隈。

斗柄高大上，七星水上来。

1978年3月30日

重有感

不傍河滨走，能窥镜底鳞？

悄然描倩影，不敢启朱唇。

瞩目芙蓉面，关心芍药鬟。

两心原陌路，邂逅足弥珍。

1978年6月24日

暑假第一日

聚时多益善，恨别暗悲摧。

喜玉愁难护，怜香惜未陪。

望梅难止渴，画饼不含酶。

困久能销骨，呦呦有余哀。

1978年7月16日

读　书

做事平平过，读书意味长。

文深穷意境，世有好文章。

遍索储花蕊，兼览饮玉浆。

收拾全卷了，手上有余香。

1978年7月23日

看电影《早春二月》

风雨飘摇日，雄心振弊疆。

怜才余怀恻，念旧爱心长。

取义甘承辱，倾情反去乡。

苍茫缘底事，奔走路何方？

1978年9月

看电影《尤三姐》

藕离丝不断，三姐义何长？

魑魅诚难敌，淫邪竟不防。

柔和翻遇祸，刚决等偕亡。

痴念同花献，哀哉柳氏郎。

1978年9月9日

书　痴

任尔高人笑，书痴念益坚。

翻残一更梦，搜尽两囊钱。

抚卷愁难得，摸之乐有边。

爱书真雅事，千载万门延。

1981年5月4日

中　秋

玉兔初停戏，遥闻桂蕊香。

光分琼宇地，酒罚罪臣觞。

伏虎人间事，飞龙天上忙。

乔迁如有地，月殿胜苏杭。

1981年9月12日

夷江泛舟

春山新雨后，夷水浪初飔。

观景云台顶，漂流柞艋仓。

堤边多翠柳，山上发幽篁。

又过将军石，轻舟旅路长。

1993年春

题竹亭

聊将高岭翠，来造路边亭。

节劲堪成柱，心虚好息形。

飞檐生六角，宝鼎镇山灵。

当道迎风雨，何愁夜色暝。

1993年春

杨妹子

杨门出殊丽，才艺冠山乡。

软语朱唇发，春光玉手创。

影棚生意满，货币周转忙。

即有寻花客，何愁酒一觞。

1998年7月11日

有怀（三首）

——飞仙桥中学监考作

一

少小鲜邻里，衰年乏机心。

求知才有忝，下海力难任。

赤胆空留汁，青丝白成针。

鹏飞何可望，抱膝夜长吟。

二

颠顿经半世，心海竟无宁。

接物谈何易，学诗艺不馨。

心仪关羽帅，目送飞雁暝。

鹏飞看无望，更深数亮星。

三

七载无音信，芳踪在哪方？

当时难心喻，此际黯神伤。

世味秋茶苦，人间冷夜长。

离愁何处诉？日尽两相忘。

2007年7月11日

石罅松

矮树生岩罅，存身绝壁前。

鲜泥承体干，无力入云天。

针叶荫山壁，潜根指九泉。

风涛时一至，劲韵耐评研。

2002年6月26日

有　感

良朋真罕遇，挚交能几何？

择友贵相契，披肝不为过。

衔杯几如故，倾盖失联多。

欲问抛琴客，所求何太苛？

2007年7月1日

旧屋养鸡

饲鸡双十羽，半大放山边。

信步羊肠路，充饥蚂蚱鲜。

开餐敲料桶，给水放山泉。

未晚即归埘，明朝是好天。

2007年7月3日

偶　兴

训稚闲荷担，橘园即旧田。

春花香阵阵，秋果沉甸甸。

天顺方能获，人勤众不怜。

任由能者哂，我意自陶然。

2007年7月

养鸡趣

雏鸡欣渐长，老屋把身栖。

劲爪如钢利，尖唇比剑犀。

担岗喉鼓角，纵欲弟当妻。

拼命常争斗，赢家放声啼。

2007年9月15日

偶　兴

驽马归林下，疲翎思故乡。

新花迎朝露，朽木卧残阳。

惜我残牙动，欣人气力强。

鹧鹩谋一树，酣梦夜来香。

2007年秋

重　阳

中秋方别月，又见菊开花。

露白胶鞋湿，风高体影斜。

形衰藏旭日，心逸随晚霞。

却病新停酒，徜徉向旧家。

2008年10月25日

早 春

蛰雷敲大地，桃蕊隐枝头。

料峭寒风劲，连绵冷雨稠。

冬归威尚在，春入暖宜留。

待到春深日，鸟鸣山更幽。

2009年3月1日

怀屈原（三首之一）

文人多爱国，屈子政声高。

遭贬驱江汉，称觞赋《离骚》。

投河悲国运，竞渡祭诗豪。

千载流风在，洞庭蓄怒涛。

2009年6月16日

怀屈原（三首之三）

国士多磨难，灵均姓字香。

骚章烁上古，文脉启湖湘。

世颓才难用，君昏国不昌。

年年端午水，能否涤愁肠？

2009年6月12日

租房有感

举家辞桑梓，赁屋在山腰。

茂草疑无路，高乔逼九霄。

人和消隔膜，地僻远尘嚣。

塞翁前丢马，是福不须邀。

2009年8月1日

怀杜甫

诗国天空阔，杜陵星倍明。

致君期尧舜，罹乱恤黎氓。

书册读千卷，笔端扫万兵。

身前多寂寞，万代千载名。

2012年5月

携妻回老家种菜

秋日微风里，同行去故乡。

慎行荆满径，愁远地抛荒。

剐草妻亲力，挥锄我自忙。

舒筋还活骨，转瞬土生秧。

2013年9月16日

感怀三十年前事

三十年前事，蓉时学步初。

在怀随俯仰，掩面任趑趄。

布控牛筋线，偷生马别车①。

鸡虫留失事，宁不念其劬②？

注：①车，读ju。②劬，用邻韵。

2015年9月2日

贺何石老师千金于归（嵌何棋、大裕）

五月榴花艳，莲潭映月升。

何棋归之子，大裕宴宾朋。

崀邑游人众，丹山紫气凝。

珠联成璧合，两岸共云蒸。

2016年5月28日

答小琴师妹

　　夜玩手机，翻朋友圈，见师妹徜徉于星城夜景之下，排出"夜、静、人、清、风、柔、花、寂、月、胧、心、离"等一十二字于荧屏，疑是考题。予不揣浅陋，苦思竟夕，得五律一首，勉强将诸字安入。为报师妹："可一不可再！"

　　　　星城夜渐深，静立忆良人。
　　　　江近清风起，花柔寂美泯。
　　　　朦胧难见月，惆怅倍思亲。
　　　　心系江天外，酣眠离梦身。

2016年8月30日

水庙行（四首）

一、秋日同文友访朱家坪石林

　　文朋结伴行，秋日接连晴。

娘舅穷愁甚，乡民快乐盈。

石林惊异见，柏树翠来迎。

均道芳芳美，描眉更炫睛。

二、寻访文友唐吉虎家，看望虎妈

次访到山塘，相约看老娘。

巧生双虎地，避斗一高翔。

爱母慈眉目，居家乐吉祥。

舍前栽杏桂，好运万年长。

三、午歇水庙，虞美人、杨先生盛情款待

相邀有美人，水庙作嘉宾。

有店皆生富，成才两并邻。

端杯尝美酒，举箸嚼山珍。

满载离情去，重来致意频。

四、与竹子爱在春天、白云深处趁午休踏访五里圳

不惧秋阳炙，同行酒趁醺。

白云何处觅？青草竞时欣。

竹女怀陈迹，渔樵喜细闻。

相将留美照，落日趁余曛。

2016年9月10日

秋游八达岭长城时大雾弥天，朦胧中不见远山

嬴政今何在？长城镇日峨。

穿行游客满，悬挂缆车多。

翘首吁红日，回眸看绿娥。

虽登非好汉，险处未曾过。

2016年10月18日

答方晓师妹

缘至初相识，芳名久已知。

同群通款曲，结访动遐思。

有弟难成对，传媒即是诗。

缔交期砥砺，"弃我"是何辞！

2016年10月29日

和方晓师妹

少年真懵懂，荒废好时辰。

一己风光少，乾坤日月新。

流云飘易散，当下忆堪珍。

回望他年月，身前又照人。

2016年11月10日

咏元宵

元晚随春到，宵灯映月明。

佳肴同年夜，节味寓亲情。

大爱传桑梓，家风寄读耕。

安康群里外，乐玩到三更。

2017年2月11日

巡田桂山行（十韵）

三月樱花盛，文朋欲往之。

天公常作梗，节令已违期。

意决寻皆去，云开雨便移。

骚人赏余卉，"金桂"煮香龟。

更有私家菜，开怀共美眉。

2017年3月26日

雨日思君

细雨迷蒙日，遥瞅目力穷。

桃坞频照影，书案久描红。

诗美人难抹，心柔我最崇。

思君传赤豆，快意入君瞳。

2017年4月27日

读许总"常想一二、不思八九"有感

人世难登百，何怀万岁忧？

温馨能掷去？苦难肯收留？

莫羡人高贵，休轻我自由。

真情堪爱惜，携手期白头。

2017年6月6日

友人红日，小诗以贺

玲心传禀赋，秀色冠山城。

吉季来庭户，祥时振家声。

庆生人致意，祝贺我输诚。

生意阖家满，日思诗敬呈。

2017年7月20日

（二）七律

夏夜喜雨

骤雨方来聚墨云，生光电母脚真勤。

一声霹雳天庭怒，四野迷离雨坠云。

焦稼欣逢盈寸饮，枯河涨得半床殷。

农夫夜梦温馨甚，天公妙法已知闻。

1973年7月19日

劳动归来

工余徐步过滩矶，转眼残阳下翠微。

成对斑鸠藏树噪，一群蚊蚋贴头飞。

丝丝凉意掀禾浪，隐隐清风拂我衣。

犬吠声中人影乱，家有陈酿速余归。

1978年8月23日

评某女士

韵华消逝无止期，九月秋风起涟漪。

意动不逢明妃梦，情浓忽忆幻仙痴。

峨峰无意时时矮，溪水多情刻刻滋。

否泰消息何可达，闲生嗟叹不余欺。

1976年5月26日

贺同事罗君考取师范学校

九载光阴弹指间，同窗共事历危艰。

伐薪觅路神完足，眺景登山鬓未斑。

治校殷勤同谋划，论婚决绝叹缘悭。

祝君此去风帆顺，前路潇洒有玉颜。

1978年4月12日

赠L君

海空遗下一英华，饮露餐津渐着花。

林里香浓蜂上树，枝头色丽蝶寻葩。

无端触动心头恨，有憾暌离脸面家。

难释幽怀余一叹，何人肯派碧油车？

1978年6月25日

近　感

见亦难言别亦难，丝弦易拨水难团。

晤谈常觉天光短，惜别难估夜梦残。

云断南山心惴惴，日蒸陋室汗漫漫。

衡阳怕见天空雁，北望情怀哪日安？

1978年7月14日

看电影《尤三姐》（三首之三）

英武神风初遇合，情丝遇马赤心呈。

荷刀双赠原存意，独踏苍山岂忘情？

五探劳兄繁难苦，四挑证余洁女贞。

双流喜得归源合，一缕芳魂系玉京。

1978年9月9日

偶　感

一从落地带前愆，数受灾磨命若悬。

偏遇家寒亲有恙，更兼妻"惠"泰山"贤"。

弟勤苦学为添籍，兄远无方再凑钱。

满腹殷忧无处诉，填诗遣梦二更天。

1978年9月12日

看电影《刘三姐》

迹尽天涯历苦辛，红颜薄命不由人。

逃身火穴方存命，又入龙潭险辱身。

抗命刺贪身是剑，怜贫济弱语诚真。

阿牛远比牛郎幸，乐伴花魁数十春。

1978年12月18日

近　感

太息光阴疾似梭，连番忧患鬓双皤。

难方诗伍佳句少，未入文坛谬误多。

意乱懒窥天上月，事繁厌涉宅前河。

胡诌俚句羞呈阅，艾艾期期叹蹉跎。

1978年12月26日

看《琴童》有感

劫波历尽生气微，此日神州艺品稀。

芍药才蕾风猎猎，海棠新发雨霏霏。

寒冰叠压摧新蕾，暖日初照竞芳菲。

毒雨腥风飞过耳，天开霾散露将晞。

1980年11月16日

重续学业兼得好友有感

辍学十年喜又临，同窗得友快难禁。

高楼远眺同怀旧，小径斜行共散心。

往日蹉跎增感愧，他年砥砺下金针。

愿花常好常圆月，互和诗词寄慨深。

1981年4月5日

致同学范珍亮君

清风送客夫夷水，喜看明珠万点花。

白鹭黄龙闻故典，青山绿水映窗纱。

多情兄嫂真迎客，慈爱尊堂会持家。

更喜藏书新眼目，明窗展卷佐香茶。

1981年9月10日

题作文后

高歌处处神州乐，为有东风卷巨澜。

鬼魅祛除天地阔，阴霾散去庶民安。

征途或恐藏荆棘，海域还防隐险滩。

巨舰扬帆穿恶浪，蓬莱胜境现云端。

1981年9月19日

和何烈熙兄（二首）

可怜惆怅身无处，绿使捎来挚友声。

同契圈中难再觅，知心世上应从征。

神交海内存知己，意共天涯许诉情。

浅薄才情何足道，前贤赧对愧平生。

乌纱掷去一身轻，好向方塘伴火吟。

十载陆沉同历劫，三中革故共沾襟。

当期品酒重阳日，企盼吟诗马头琴。

胜景有余文采淡，祈君点缀畅胸心。

1982年1月24日

归　来

轻车絮语入归途，细雨寒风未许愁。

汲水长虹立天外，穿云银燕飘地头。

桃蕾带露蜂高下，柳带迎风鸟鸣啾。

莫畏蓬蒿前路满，东皇快意绿荒洲。

1982年3月16日

读　史

史篇益智启凡胎，败寇成王览有哀。

深得文君司马意，暗倾红拂靖公才。

须臾否泰无前兆，转瞬升沉绽响雷。

妙道要言何可得？高僧信从面壁来。

1982年3月20日

无 题

旧迹随形留感悟，名山宏愿化烟尘。

常因旅路生忧患，时遇饥餐起怨瞋。

已觉投师三载晚，倍珍交友一年新。

妻儿前面休搔首，重担持家在己身。

1983年4月4日

看《一江春水向东流》

名高行壮悲歌士，碰到矮檐且缩头。

拼醉强抑身心苦，销愁难忘家国仇。

忘情一士称庄子，含恨众兵带吴钩。

猖獗狂徒得伏法，一腔幽恨乃去留。

1983年10月7日

聆　听

话到亲情痛客心，异乡骨肉等风尘。

回归膝下无时日，趋赴当前有小人。

东去初心终不改，胡来浪蝶最该瞋。

怜君知遇倾囊吐，吾共佳人泪满巾。

1983年10月9日

劝莫悲（二首选一）

无端遗弃繁华地，抛向荒村浅水湾。

怨父风流终薄幸，怜娘苦命忍时艰。

承欢漫忆旧时日，失爱示知此云山。

太息人间多憾事，创痕难祛泪还潸。

1983年10月9日

赠同学杨贤群君

暇时阔论踏春山，同学光阴弹指间。

醉别承天奔夜路，急穿夷水过青山。

七年讯杳惊重见，两奉音书惜未还。

世事无凭多怠慢，倩君海量赦吾顽。

1983年12月3日

无 题

观天星暗不言愁，独对嫦娥泣桂楼。

太息春残心戚戚，剧怜头白冷飕飕。

东山翘首惊群望，溪水低眉隐细流。

年去年来伤远别，拼将热血浣春秋。

1983年12月6日

偕友游龙口朝阳

时晴雨叠现，为平生之初见。

携游莫笑我来频，契友来时忍吝身？

风伴晴岚来岭外，雨随朝日入龙唇。

峰峦水涤疑饰玉，泉涧声闻似接宾。

小憩畅言身后事，相期互不负良辰。

1993年5月2日

故人重过

此生谁见红拂才？为睹芳姿望眼开。

旧阁几时回碧影？蓬门长日盼花魁。

春山秋水同吟咏，暮雨朝风共徘徊。

日月轮回人渐老，前缘何日又重来？

1994年7月28日

寄同学范珍亮君

初逢难忘武师天，佳作才聆忆祖篇。
时傍玉河温课卷，常登云麓看炊烟。
偶来逸性催诗句，觅得闲情凑对联。
古寨长安花似锦，同君踏访是何年？

1995年9月16日

再呈范珍亮君

余生学识两无多，别后音稀奈若何？
惜秒钦君才分足，经年愧我剑难磨。
雄心廿载随流水，意气平生等蹉跎。
何日弃鞭归宅院，观书运钓醉颜酡。

1995年9月28日

乙亥除夕感怀

夜阑闾里鸣爆竹，花去花飞又一年。

岂望名成今世遇，若称富足再生缘。

餐中窃喜杯常满，镜里何辞面已屡。

处世何须多斟酌，应时顺命可逃禅。

1996年2月18日

代兄拟归

嘹唳怕闻雁阵催，乡思常逐水云飞。

半生难撇漂泊梦，万里终迎游子归。

窥镜休辞容易老，知音但看日趋稀。

慈颜临别频回顾，再报明春雨露微。

1996年2月20日

水庙监考枯坐无聊得诗之忆友

客里相逢太有缘，音容一别十多年。

等逢劝读添香夜，索句还传忆旧篇。

青鸟衔邮心细细，素笺题字意拳拳。

年华转眼空抛掷，期许深亏离恨天。

1997年6月25日

赴窑市中学监考有作之有感

十五年前夷水游，拿山鼓舌为求俦。

遗书桥上原因醉，隐字书中虑未周。

褒贬华翰男自递，风光淑女母难求。

如今再见同窗面，休问江流几处舟！

1995年5月11日

九六仲夏金石中学监考作之有所思

三年学字此栖迟，别去徒增楚客思。

倚靠独寻人去后，晤谈常趁月斜时。

分飞劳燕真堪惜，连理完成不可期。

青鸟不传巫女梦，碧梧栖拣凤凰枝。

1996年6月

九六仲夏金石中学监考之无题

曾惊玉树临风立，又遣温情上笔端。

几度偕游朝共夕，数番晤对悲复欢。

金兰执手伤时晚，梁祝交心美梦难。

休更护花花有主，独挥涕泪夜阑珊。

1996年6月

贺唐少豪先生八十寿辰

寿翁一阕记心间，八十抒怀鬓已斑。

抗日原思捐小我，洁身岂肯去高攀！

劫波历后身犹健，盛世逢时性尚顽。

吟罢颂诗凭雪案，神交耆老鸥与鹇。

1997年5月21日

万塘中学监考偶遇高中同学而作

事急心忙怨去迟，会阑才到逆襟期。

称名问姓疑初见，忆旧思今叹故知。

侧畔沉舟千舰劲，山中老树一书痴。

韶光真快闲闲逝，弹指华年鬓有髭。

2001年夏

赠　友

寻章摘句笑雕虫，狐野成禅句未工。

闲运镐锄谋生计，忙操笔墨训顽童。

红颜不敢轻唐突，白首难逢运理通。

偶有诗情辄记取，敬呈法眼笑阿蒙。

2002年10月

赠　友

爱入膏肓病有因，华佗无奈扁逃秦。

楼台得月先逢水，花木无阳不及春。

填海禽精空运石，牵丝蛛智枉分津。

长门尽日无消息，从此"恩师"是路人。

2002年

陪孟巧巧、李宁往何委员家买椪柑不遇

口重无梅觅橘柚，婵娟结伴过桥头。

惊闻怒犬声声恶，喜见珍苗处处幽。

访戴不逢游兴尽，插花且待春意稠。

腹中消息谁知道？把脉庸医晒未休。

2003年初春

窑中监考初一时作

训童生计忆昔年，意气书生共着鞭。

会冗劳烦民命贱，厌书轻学信心悬。

投闲夙志终难遂，济世医方未可传。

知命之年伤往事，衰颜窥镜病才痊。

2005年夏

迷　惑

日朗月明各守辰，古时明月现时人。

曾经方外桑田异，惯见人世福祸频。

寒暑心随形物换，穷通事付老天匀。

悠悠岁月无穷事，聊作葛天一顺民。

2005年8月21日

咏　火

祝融桀骜最无聊，既近干柴岂易逃？

原外逐驰千里远，楼台逼上百寻高。

灰窑炼石留身白，釜豆箕燃共水熬。

欲火重生蜕变后，凤凰比翼共翔翱。

2002年5月3日

在水头监考有感

在水头监考有时，二考室之戴莉莉明艳照人，感而赋此。

俏丽无须艳抹陪，增长损短自然姿。

羞花闭月争丢眼，住雨停云共展眉。

饰巧矫情人媚俗，拙诚顺性子堪怡。

休言殊丽人难觅，所谓伊人水之湄。

2002年6月21日

雪

云沉苍茫倾玉液，江南大地展银妆。

阵云此日传寒气，落日当时敛微茫。

衰草连天遮欲尽，虬枝触地俯还昂。

人言瑞雪祈丰岁，乐见神州万世昌。

2003年1月9日

忆 旧

憨痴顽劣几多秋，国难时艰未许愁。

叠遇明师蒙指路，多逢暗礁险倾舟。

赏心佳丽难传目，违意鸳鸯共白头。

知命之年生浩叹，此生何处觅同俦？

2003年夏

无 题

情山恨海凄凉地，二十多年弃置亲。

怀旧徒留盈泪眼，娱怀且做赏花人。

众前强教欢堆脸，独处但凭恨损身。

满腹哀愁何处泄？一杯浊酒醉无宾。

2003年夏

忆 旧

恨别音容二十春，各尝甘苦疲留身。

讲坛磨损全青发，商海挣来尽白银。

情好当年皆亲历，缘悭此日独生嗔。

空传青鸟云间信，世外桃源莫问津。

2004年6月19日

庚戌春节感怀

鸡声渐去犬来前，禹历新翻又一年。

卅载辛劳添疾病，半生平淡厌熬煎。

田园归日人将老，教苑耕时绩未先。

夙愿得偿今日事，观书习字草诗篇。

2006年2月19日

赠学友范珍亮君

年将而立别乡音，赴籍都梁趁晓晨。

课业繁难同补拙，食衣简淡共茹辛。

常萦世道伤心事，时念家门老迈亲。

四境闲时游历处，风光此日可怡人？

2006年2月19日

丙戌新年试笔

乌移兔走风逐尘，倏尔银盘隐不明。

习见枯荣山色换，历经寒暑岁时更。

秋霜镜里何时染？浊酒杯中几处倾？

否泰消息谁会得？睡余病起悄养生。

2006年2月19日

咏 老

休将无益消有涯，生命年光老更佳。

神淡心清形少累，体勤筋健面存华。

繁荣尽褪三秋树，本色来归腊月花。

率性而行随帝则，桃花坞畔夕阳斜。

2006年6月12日

无 题

已度浮生五十年，家居绿水又山边。

难酬投笔从戎志，终失悬壶济世缘。

煞劫来时几夺命，乌云过后是晴天。

植梅树橘闲时事，浊酒停杯胃疾痊。

2006年9月24日

赠 友

托生乡野事何更，未遇名师启鲁诐。

疾患长虚男子胆，囊空总怯寒士声。

日晷频损光还烈，夜色微浓月半倾。

得句未忘驰旧雨，聊抒胸臆供研评。

2007年6月27日

春节感怀

入世浮生路很颠，少时蒙昧老偏愆。

砚田偶获衣食碌，冠岁难逢军旅缘。

接眼嚣嚣多俗物，观心汩汩贮甘泉。

岂期名列凌烟阁，喜看升平带酒眠。

2008年春

奉和李葆国先生《偶意》

师门未入老生徒，国学骚坛一径殊。

厌入商场囊涩瘪，喜趋风雅学才肤。

沈园柳老情难老，儋寨人孤道不孤。

来者古人皆不见，为民敢做鼓和呼。

2009年4月10日

奉和李葆国先生《自遣》

教鞭抛却老冯唐，喜展华章识玉璜。

兴会来时无杰构，情怀逸去有余香。

徒增马齿修为浅，初试牛刀岁月长。

驰卷京华难自陋，医诗悬想硕儒房。

2009年4月10日

病　中

春深长日雨婆娑，无奈连霄带疾过。

黄酒伤身先戒却，清茶解药饮难多。

艰辛壮日偏抑郁，旷达衰年叹蹉跎。

幸有闲情钻诗艺，要寻佳句除病魔。

2009年4月10日

怀屈原（三首之二）

汨罗江上水回波，屈子行吟感慨多。

久困江湖长叹息，佯狂沅澧放悲歌。

哀民未敢辞菹醢，报国何曾惧网罗。

百代端阳皆祭奠，思君未免泪滂沱。

2009年6月28日

房屋拆迁有感

长街营造历经年，有碍观瞻一日迁。

此后故园无故宅，他时邻里却邻缘。

平房累及堂前燕，无物何遮对面巅。

为足申遗桑梓愿，举街拆屋我当先。

2009年7月18日

岁末感怀

摇落岁华带病身，农耕不谙学书耕。

寻师解惑远千里，琢句雕章到五更。

才浅难成巨手笔，岁阑吟得小诗成。

繁华绚丽云过眼，痴念愿祈鸥鹭盟。

2009年12月31日

卷二 律诗

人生四咏

一

生年不幸伴劫波，益智时光厄运多。

两进县中批"黑鬼"，一遭乡校斗私魔。

高中方入同炼狱，毕业才归受折磨。

直面死神余一命，冠龄岁月感蹉跎。

二

人曰农村多作为，强支病体去储肥。

亲朋易具羔羊态，当道皆生虎豹威。

级定六分头拍板，工出满勤汗周衣。

面朝黄土眉难展，脱颖宏图庶几稀。

三

执事当权土霸王，从来处事一言堂。

兄居滑校谋除籍，我入军营计泡汤。

公子径读医学院，女娃早配国家粮。

同龄同里难同命，老子原来站朝纲。

四

国运初回百姓安，方圆绮梦入教坛。

讲台慎踏三尺地，肝胆宁输一寸丹。

子弟学成心慰藉，病魔袭体步蹒跚。

忍离童稚归来晚，陋室长居我自宽。

2009年12月31日

看《百家讲坛》感彭玉麟六辞高官

玉麟本是挚情郎，万卷梅画祭"梅"殇。

两顾愿酬诚信死，三延肯冒矢来伤。

数辞显宦甘淡泊，累受巡官刺腐狂。

今日多官难缩手，对彭能否一思量？

2011年4月16日

赁居三年感赋

当年拆屋为申遗，此地风光好赁居。

晴日蝶团来屋宇，黄昏蝉队闹庭除。

枝头野卉鲜难老，岭外尘嚣隔渐虚。

四月农家闲客少，幽居无事细读书。

2011年5月27日

诸葛孔明祭

入祠上戏是高贤，非赖文笔赖忠廉。

陇亩耕牛轻富贵，荆湘策马救黎黔。

鞠躬尽瘁酬君重，立志修身戒子严。

锦庙长存生意柏，古今同慨泪频添。

2013年1月

六十抒怀

时大旱弥月，感而赋此。

母述当年六月生，甲周暑气更凌人。

晨兴无事观书卷，晚睡有时忆旧邻。

岁月倥偬兼须臾，风情迤逦复氤氲。

消除旱魃清凉日，为赋新词《雨霖铃》①。

注：①"铃"字出韵，不易。

2013年7月

"获奖"有感

获奖专函不胜开，"大师""翘楚"绣成堆。

拙诗学步成奇璧，小令抒怀判夺魁。

一转但书描账簿，千金大钞兑奖杯。

劝君弄个新招式，依样葫芦不奉陪。

2014年2月18日

移家两年感赋

总角耽书似昨天，白头转瞬入余年。

成家创造难为手，退养逡巡敢息肩！

注目田畴寻故第，伤心堘上废甘泉。

闲时遣兴敲诗键，苦觅佳联挟卷眠。

2014年5月5日

家门锡明招饮与同学范君珍亮、同人邓家光
共赴归而作

初遇都梁负籍身，切磋砥砺度艰辛。

漫夸学富回乡售，无奈家贫向壁瞋。

磨损青春遭暌索，摧残白发来问津。

流年真个容易逝，仅此桑榆太堪珍。

2014年5月14日

题《新居赋》

老境衰颜气尚雄，晨昏漫步走西东。

不羞身瘦移衣带，卜望诗成用碧笼。

网购奇书怡倦眼，闲敲电脑养身躬。

乒乓桌上磋球艺，专守山妻我善攻。

2014年5月31日

友人言"休闲不是今日事"，以诗代简，得"姿"字

儿女生成龙凤姿，云龙闹海正当时。

齐家创业般般苦，哺育培养细细思。

岁月荏苒身渐老，山河瑰丽眼堪怡。

拨冗共往悠游地，慰藉身心一展眉。

2015年11月16日

初夏即事

脐花没尽果留香，乐得蜂农卖蜜糖。

闲鸟留歌深树里，忙人卖力老田堂。

承春喜雨濡新稼，乘夏娇娘着露妆。

更有骚人生雅兴，访奇探胜趁新凉。

2016年5月12日

参观宛氏祠堂^①兼怀革命先烈

宛门家庙底蕴深，古木千秋护灵根。

母舅怜贫成羽翼，祠粮助学读岳云^②。

兵临百色惊敌胆，地傍夷江聚毅魂。

志业传承瞅学子，熙熙攘攘沐朝暾。

注：① 祠旁即宛旦平烈士纪念馆，纪念馆内设小学部。② "云"出韵。

2016年5月17日

夜梦赏芙蓉，芬芳袭人，起而赋此

夏间意外遇明姝，新邑缘深蕴此姿。

中院天高风淡荡，西坊局异树参差。

曾留风采天河氹，亦显英姿地洞池。

如此星辰如此夜，婵娟明丽数吟诗。

2016年5月30日

赠君哥并序

晚在群里，知蒋重明君与予皆以君哥是七尺男儿，而闹笑话。随与君哥微聊甚欢。孰料是夕竟然梦遇。哥俩细叙，方知竟是昔日同窗！中宵醒而赋此，欲为夫夷文坛添一佳话耳！君哥闻之，定笑我痴！"窗"字出韵而不顾。

兄台名重我初芒，快论雅言忒阳刚。

惬意衡文朝或夕，倾心探胜院和坊。

思量诚必留青眼，谁晓金兰是红妆！

夜与君哥同在梦，弟兄谈笑掰同窗。

2016年6月9日

初遇小樱桃

素服娇媚众女前，翩翩疑是谪中仙。

轻车远去观山水，眉目依然系美娟。

哥帅护花花烂漫，姐颜闭月月团圆。

湘塘荷蕊苞初绽，有你如花胜碧莲。

2016年6月11日

与小琴师妹谈诗兼论时事

缘同颍水耳东旁，微信聊诗绣锦章。

愧我韵穷曾绿鬓，欣君辞美正红妆。

缘来时事同生慨，话到沧桑共考量。

美眷韶华容易逝，漫裁云锦赋霓裳。

2016年6月21日

赠柳絮飘绵（一）

重友齐家共计量，难逢如此美娇娘。

渔樵小痒来姝丽，女史高才晒锦章。

得友虽迟真愉悦，叹时过速忒迷茫。

诗书得失同商讨，惜此余生两不忘。

2016年6月30日

打油咏作协群里有喜事

今宵难忘引诗潮，又进新人杨子邀。

红币随心飞上网，金元着意落来腰。

怡情描画佳山水，遣兴讴歌重舜尧。

老汉同欢缘技痒，也来悄打油一瓢。

2016年7月6日

北大门散步遇前同人孟巧巧

噬酸觅橘肚皮圆，伴你同行忆往年。

记否采茶脚叩地？愁兮返校礼拜天！

等闲廿载容易过，期盼者番仔梦圆。

三美课余曾探访，于今星散各安然。

2016年7月19日

代文友彭芳芳戏效古贤以诗速客

春日暖阳为令主，群雄①赴约邀会②来。

数条花径凭君踏，今夜龙庄为客开。

重载盘飧能兼味，万年藏酒乃旧醅。

文朋此夜谋一醉，献艺吟诗尽余杯。

注：①"雄"拗。②"会"救。

2016年9月25日

赠柳絮飘绵（二）

凤眼香腮入我瞳，挥毫玉树夜深逢。

一从微恋情难舍，万种相思意未通。

慰我寂寥欺黯淡，撩人愁绪苦怔忡。

心绳稳系刘家院，何日南来任好风？

2017年1月12日

庆祝三八妇女节

三哥长坂吼声惊，八面威风退北兵。

节义刘张生死共，全功赤壁楫舟迎。

己身报主躬全瘁，女裤羞懿计不行。

子弟成才吾所愿，乐书嵌字小诗成。

注：颈联用诸葛亮事，其曾用女子内衣激司马懿出兵，彼不为所动。

2017年3月8日

丁酉孟春崀山名刊名师创作交流会顺利召开
暨崀山之春名刊名师交流群开群

桃月鸡年雨后晴，名师联袂走新宁。

传经解惑留殷切，泛水登山贮温馨。

瑶宴劝杯长接席，晚场架火亮冲星。

修文赶趁良时世，大美崀山入眼青。

2017年3月9日

偶　兴

牧童牛背弄新箫，晚照西山咫尺遥。

指画山河犹昨日，心仪婵娟立中宵。

丁香空结诗还涩，青鸟难传意转寥。

一夕数窥帘外月，可怜宿酒未曾消。

2017年3月11日

丁酉谷雨赠柳絮飘绵

初会丙申见即怜，卿言"偶遇"我说"缘"。

联诗数发心间爽，翰墨微传眼底妍。

比目暌违留怅惘，蓝颜晤对怨婵娟。

也知红豆生南国，惭我先来二十年！

2017年4月20日

读《我的童年》

修得同胞龙凤身，相携相恣忆前尘。

怜贫幸未抛才女，炫酷曾经扮美人。

把扇生风肢尽力，攀枝觅果舌生津。

酸甜辣苦真堪惜，愿缔来生未了因。

2017年5月9日

感秋意致柳絮飘绵

时令秋来景色妍，感君情厚入云天。

春花拂面迎上巳，秋月撩人到下弦。

翰墨频临洵秀美，诗文数发致嫣然。

相濡以沫灵犀在，心系伊人又一年。

2017年9月1日

步赵焱森会长韵贺湖南省诗协成立三十周年

腹有诗书气自华，骚坛兴替应无涯。

三湘结社薪传火，群众挥毫赋比花。

耄耋豪情浓似酒，青春健笔灿如霞。

佳章耀目如星斗，为有诗才百万家。

2017年10月12日

中秋感怀

节临爽气早徘徊，镜上中天酒在杯。

盛会将期咸点赞，国辰例假快来嗨。

收秋喜共莺歌乐，投老心同雁字来。

莫作乘风归去想，桑榆安度亦悠哉。

2017年10月5日

步韵李国庆先生《中秋》韵

耳顺之年爱晚霞，三秋喜事乱如麻。

中枢盛会人民盼，长假游车道路斜。

猎隼苍穹能搏兔，蛟龙海域敢围鲨。

中华崛起谁能阻？报国情怀老未赊。

2017年10月8日

卷三　绝句

（一）五绝

月　夜

望月当空挂，银光泻一泓。

中庭发长啸，山近应回声。

1973年5月1日

午时看山

山色连天远，长空断素云。

苍松生意满，曲干着龙纹。

1974年3月23日

参观白马田公社教育工作

未谒神先旺，既瞻事可钦。

园丁勤佑护，苗圃寄情深。

1977年11月2日

有所思

问我何归属？其情固不知。

无端翻遭晒，蚁命亦如之。

1978年3月24日

论人生

体健精神旺，心宽酒入唇。

识宏烦恼去，一笑十年春。

1978年6月25日

与L君舀大淤淋菜

何方为乐境？侬道是东床！

随手量金液，舒心伴凤凰。

1978年7月5日

郁

双鸟分飞去，栖身各一山。

凄鸣风雪里，何日相与还？

1978年7月14日

咏　玉

我欣纯玉石，疑是月宫来。

等闲休挖掘，思筑紫金台。

1978年7月24日

无　题

傲雪红梅秀，经霜菊蕊开。

得天非独厚，也有筹措来。

1978年8月6日

偶　感

年少不知愁，书生意气浮。

叠来遭遇苦，一夜愁白头。

1978年8月7日

早 行

繁星天外嵌，露白旅人稀。

快步荒径里，山幽鸟不飞。

1978年11月28日

咏橙树

春来风动树，得便嗅橙香。

枝密常青叶，味甘果吐芳。

1980年11月24日

校园所见

村童来学苑，展卷稚声闻。

我愿生花笔，描成五彩云。

1982年3月1日

为李艳阳题句

旁观欣秀美，当事苦迷茫。

立身高乔下，莫随腐草亡。

1991年7月10日

题照（赠戴组长）

四望丹霞景，身临不惑年。

穷通身外物，春色漫无边。

1994年3月26日

读书乐

独坐常捧阅，书册近身藏。

沉入多雅趣，须珍夏日长。

2007年7月4日

暮春苦雨

去岁逢长旱，今春雨势潺。

听出愁苦味，五更竟未眠。

2014年4月8日

甲午中秋望月（之一）

伫立中秋夜，蟾蜍正自圆。

恒沙吾一粒，乘浪是何年？

2014年9月8日

贺阳奇峰生儿升级（嵌名）

丹凤迎阳舞，出奇制胜中。

峰回云路转，侠嫂建丰功。

2016年4月27日

赠小樱桃

微信初聊，无以为赠，口占小诗，以遗佳人。

翩翩真脱俗，明艳又清纯。

随侍佳人侧，樱桃也醉人。

2016年6月9日

静夜思

暑日炎炎下，愁观万木摧。

夜阑情绪恶，何日把云裁？

2016年7月1日

无　题

怜子题中义，爱情不可捐。

有缘今遇合，千里为情牵。

2017年2月23日

题文友甘田里赏桃花

又去甘田里，桃花始盛开。

春心将蠢动，何不约同来？

2017年3月12日

五一节抒怀

母老需服侍，囊羞不远游。

客行风景在，暇日快吾眸。

2017年5月1日

端午节前采粽叶兼怀屈原

幽境青山里，崖头箬叶多。

灵均孚民望，角粽满江河。

2017年5月25日

赠柳絮飘绵

重返前年地，依稀去岁时。

佳人何处觅？雨地寄相思。

2017年6月23日

恭贺罗术入先生、刘玲女士大婚

前世修缘到，宴宾大礼成。

芝兰同玉树，夏种待春生。

2017年10月5日

（二）七绝

偶 兴

负籍归来无奈身，恍如避乱武陵人。

同窗境况何须问，广阔农村做顺民。

1972年2月14日

偶 感

连番细雨日出云，沾溉松杉四季欣。

宿鸟呼朋寻乐地，相看不厌落日曛。

1972年10月3日

咏 兰

给 ×× 的浅识之评。

撇却尘嚣隐碧笼，纤纤秀叶映花丛。

不随凡卉传香远，浊世能闻俊杰风。

1973年6月23日

无题（三首）

一

料峭春寒似晚秋，力微意怯赋闲愁。

空嗟绿鬓添华发，落魄书生正注眸。

二

时如金鹿听晨鸡，疾过九天下虹霓。

纵有揭天涛海志，名成身败判云泥。

三

此心岂似尾生坚，绝代名花一瞬传。

天际翻云旋覆雨，心湖波静闲看莲。

1973年2月26日

山中遇雨

松涛怒啸起罡风，霹雳长空造化功。

直下九霄能覆瓦，溪汇万壑尽朝东。

1973年6月23日

无题（四首）

一

旧雨今朝足迹迢，新朋形影亦缥萧。

李郎到底缘何事，竟向区区诉寂寥？

二

迩来无日不思家，篱下秋圃正孕华。

风动霜条黄叶尽，重阳金蕊对朝霞。

三

秋雨霏霏几时来，云天不见一檐开。

陶公雅韵谁能识？隔代穷通莫浪猜！

四

花中一色本寻常，不道秋时透异香。

瑟瑟金风凄绝夜，何人瞩目对泥墙？

1975年8月

评××

裙钗本负丽君才，久处深闺究可哀。

借道邯郸求绮梦，霓裳舞破始归来。

1976年3月8日

小 溪

谷深溪小水长流，百转千回屋后头。

润物无声添嫩绿，蒸腾夏日酿丰收。

1976年8月17日

近感（五首之三）

俱在异乡为异客，相濡以沫两相宜。

灵犀一点知雅意，勿谓痴呆我赋诗。

1977年2月

近感（五首之四）

丹凤高翔图异日，凄然来去两由之。

鹊桥筑在荒唐地，欢会双星是哪时？

1977年2月

月 夜

入夜，过小溪，返校；月华如水，万籁无声，几疑身在神仙洞府，遂口占一绝。

宇宙葱茏泛玉团，溪桥田畔笼轻烟。

天光水影相辉映，身涉溪流月在天。

1976年6月1日

水 车

青天杳杳入沧溟，陇上田禾渴盼津。

白玉团团周复始，清泉滴滴化新茵。

1976年6月13日

怀周总理

此日神州坠巨星，中华痛失股肱臣。

英灵宛在如明月，照彻家邦万古新。

1976年7月14日

题观影女郎（三首）

一（仄韵）

不解嫦娥何故谪，青山眉黛面如月。

流莺趁夜绕梁飞，更有音容惊夺魄。

二

不是飞仙是谪仙，得机偷下薄情天。

拈花弹指皆禅意，占却风光数十年。

三

缭乱心情忆旧容，飞仙云路驾青龙。

海天隔断云罗帐，梦断声残午夜钟。

1976年9月6日

远　眺

连天夷水镜初磨，浪下潜流逝去多。

闲客只欣风物异，一帆逆水快似梭。

1978年11月27日

幻

园林美景太痴迷，壁上蟠桃望充饥。

幻觉径来红尘里，黄粱未熟起披衣。

1978年12月12日

咏月（仄韵）

嫦娥不耐蟾宫苦，琴瑟调和随处有。

路隔天凡奈何长，清辉化我送君走。

1978年12月27日

中秋（二首）

一

远去春光漫流连，中秋月色又一年。

阿蒙吴下徒生愧，心念弥陀白日眠。

二

月月天天又年年，江枫渔火对愁眠。

西山何日碧如染，泼墨挥毫有赋篇。

1980年秋

近感（二首）

一

意气投缘不离分，相携相励相望殷。

途艰不畏时日远，过了寒冬暖日曛。

二

春华秋实缀枝头，一颗无端瘦且瘳。

不动艳华非苦李，风中零落几人愁？

1981年4月27日

咏堤（二首）

一

遮风阻浪影沉沉，蚁溃长堤枉用心。

肆虐波涛脱缰马，徒留涸谷鉴当今。

二

长堤御浪靖江氛，一篑功亏万众勋。

祸患皆从平处起，见微知著智者闻。

1981年5月12日

咏武冈东塔（二首）

一

凌云何日镇江边，莽莽云山一脉连。

风雨百年才一瞬，玉丝桥畔换新天。

二

何人创意竖陌阡，惯看风云送晚烟。

世象无情催白发，凌空巨笔撰诗篇。

1981年5月13日

感　怀

愁来长日盼飞鸿，热望南柯梦又空。

游子他乡无奈甚，忧思尽在不言中。

1981年5月13日

有　怀

入耳尽闻铜臭言，商家风气结文缘。

喜兮忧否难分说，忘却牢骚且睡眠。

1981年5月13日

有 怀

雾漫寒塘水未清，思丝缠绕不分明。

乘风归去潇洒甚，抖落尘嚣不动情。

1981年5月20日

久雨初晴有感

忙日方知闲日好，常人不解病人忧。

劳生多故心常怯，游子他乡万里眸。

1981年6月1日

偶感（仄韵）

我有苦衷言不得，身随俯仰心喋血。

等闲负却老人心，华发无端径自白。

1981年6月4日

有　感

庭前残月转回廊，梦到天涯夜未央。

而立书生方寸乱，家贫母病困山乡。

1981年6月29日

有 怀

梦魂常向故乡牵，往事苍茫乱似烟。

老大书生多憾事，幽怀分付贮诗笺。

1981年6月29日

久雨初停

云淡风轻近午天，船头无客落飞鸢。

池花露尽光纷乱，倚树凝眸放胆眠。

1981年6月29日

勇士回头

五短身材真晦气，不扬其貌称心难。

不是牛逼斫轮手，撞破南墙步履蹒跚。

1981年9月12日

无　题

旧患新忧度日难，求人一语启唇悭。

夜深时寐逗秋雨，独对洪荒立断山。

1981年10月7日

无题（二首）

一

寒风嫩柳两依依，人有藏刀露杀机。

夜半潜来头上剁，梦回始觉汗贴衣。

二

桥上醉乡梦未全，依稀光景似头年。

他时更渡夷江水，舟在清溪哪岸边？

1982年2月24日

无题（二首）

一

含羞忍垢笑常谈，稚雀云霄搏击难。

忘却征途失意事，盼将矫健易蹒跚。

二

含羞忍垢精力殚，燕雀云霄搏击难。

四十余人同一室，难将心绪吐毫端。

1982年4月13日

自嘲（二首）

一

顾影忘形不自愁，韶华似水任东流。

此身合受诸般罪，化却精钢绕指柔。

二

顾影忘形不自愁，韶华春水任东流。

逢人但说风物美，挣脱锁身铁笼头。

1982年4月20日

午 睡

梦里波涛卷巨空，醒无骤雨又无风。

窗前日影随人后，不日吾侪各北东。

1982年6月1日

苦 雨

枝头雏雀叫声声，疑是心烦盼日晴。

细看层云翻黛色，老农趁水正深耕。

1982年6月25日

过橘园

一

遍地人忙屋后边，橘园深处隐婵娟。

枝头嫩果如青玉，疑是春归五月天。

二

遍地人忙房舍边，橘园深处有新天。

亭亭枝上留青玉，乐享清幽荡秋千。

1982年6月26日

别

忙里难知别后心，忍收离绪听弦琴。

临歧一面天渊隔，珍重他年酒一斝。

1982年6月26日

归　意

去家别友两艰难，日日故乡现眼端。

临去校园行迹遍，离情满目哪堪看。

1982年6月26日

看《桃花扇》

巾帼群中赫赫名，谁人不晓李香君？

当年愧杀侯公子，百年挞伐被斧斤。

1983年10月1日

夷江泛舟

久蛰穷庐磨逸兴，师生今日去漂流。

波分匹练如奔马，水色山光入危舟。

1993年春

赠初三学子

学海浮舟已十春，波中容易失清真。

韶华倏忽桑榆晚，始悔平生志未伸。

1996年5月11日

和《题广西南宁武术馆》

壮我中华志不空，师徒比翼竞豪雄。

冬巡独秀钟灵地，一片枫林火样红。

1997年元旦

赠　友

家住桃园心未宁，画舫西子何处凭？

命穷愧杀陶朱子，偕隐奇缘梦里曾。

2002年11月

赠友（三首之一）

节前一别各东西，梦织音容意已微。
随处都成山水绿，春雷惊起觅芳菲。

2005年5月4日

赠友（二首）

一

非无仁术有仁心，两字箴言感慨深。
真慎堪称及时雨，除魔祛苦报佳音。

二

五十年来感慨多，纷纭人事半消磨。
老成凋谢新生代，且辟桃园晒网蓑。

2005年7月18日

有 感

处处人生有劫关，一关更比一关顽。

关头颤立君休笑，鬓发可怜半已斑。

2005年11月7日

雄 鸡

夜幕重重拨不开，千家梦魇究堪哀。

临晨一唱天生白，不信光明唤不回！

2006年2月24日

端午即事

天高云淡日初长，此刻人言是午阳。

刈艾、菖蒲采梅后，邻人小憩话农桑。

2007年6月19日

盛夏即事

绿叶层层劲枝撑，橘园开发廿年成。

闲人讽语由他说，练了腰身悦我情。

2007年6月3日

无 题

世相纷繁嘈眼耳，苍茫心事化流云。

委残老叶谁知我？缄口荒山更念君。

2007年9月6日

雨中作

苦雨凄风阵阵来，深山遗落炭薪材。

同窗旧友皆新发，未弄风光束手回。

2007年9月12日

中秋赏月不遇

推窗眺望漫咨嗟，暮雨潇潇玉兔遮。

回看街灯明似昼，直疑月色在邻家。

2007年9月25日

中　秋

天高山暗月来迟，此夕凭栏动旧思。

万虑难澄心绪恶，衰年不似少年时。

2008年9月14日

无　题

蓝天渺渺晓岚升，闲卧田荫脑枕肱。

静听溪流鸣乐曲，却思莼烩留季鹰。

2008年10月4日

己丑新春咏牛

新年休怨减容光，已见桑榆路不长。

壮硕无辜临汤镬，未容羸病卧残阳。

2009年2月

房屋拆迁有感（之二）

远徙何须漫咨嗟，丹霞秀色屋楼遮。

伤心最是堂前燕，今夜巢倾宿谁家？

2009年12月

贺函授同窗邹邦旺《凌霄诗书集》书成

诗风凌厉关风雅，翰墨飘香上九霄。

代递家风源远大，鲁儒本色看今朝。

2009年12月13日

读李葆国先生近作

阑珊意兴废雕虫，不学人歌假大空。

青鸟忽传天籁句，千书万里出化工。

2009年12月13日

骆驼峰

瀚海沙丘任我行，又来南国逐征程。

风烟万里鼙鼓急，巨烛长燃夜夜明。

2010年11月11日

七绝（二首）

一、盼春

天催雨雪纷纷下，地被风霜阵阵寒。

花树早该繁似锦，春姑何事独蹒跚？

二、拟墓主扫墓

旧伴新邻梦正馨，家家枕畔响雷声。

冥王传语休惊惧，闻道世间闹清明。

2011年3月25日

过　年

纷纷扰扰过年时，斗富搜奇竞奢靡。

煮凤烹龙朝复夜，填肥口腹瘦了诗。

2011年3月

游洞兴高速公路（二首）

一

高速路修尚未通，有闲携内窥长虹。

一桥飞架悬崖上，屋宇田畴一望中。

二

曾家山中隧道奇，壮胆穿行东向西。

忽遇铲车迎面到，雷震头皮目凄迷。

2013年3月

入住拆迁新居，见步行街移栽大树有感

旧屋从兹属故居，新房入住树缠泥。

蹲坑画地安居日，可比娇莺自在啼？

2013年4月

过　年

讯频车挤闹翻天，域外人归过大年。

汇总亲情拼一醉，梦回翻认客中眠。

2014年2月9日

西方情人节与传统佳节元宵不期而遇，有赋

情人洋节趁元宵，绿女红男竞折腰。

灯火阑珊频瞩目，不输牛女过鹊桥。

2014年2月15日

题《出扁担赋》

担崽牛郎上九霄，求经悟净一肩挑。

新茶运往京都去，颤颤悠悠任翔翱。

2014年3月

自画像

不醉不嗔不舌耕，缩头宅老但栖身。

无求无欲无棱角，唯有心房贮点真。

2014年4月

立夏日

炎威久违厚穿衣，春日徜徉讫未归。

忽见荧屏传字幕，方知夏在叩门扉。

2014年5月6日

题"空中芭蕾"（二首）

一

藏胞才艺史无前，炫舞芭蕾在昊天。

惊起仙班齐肃立，游人注目白云边。

二

不是仙乡奏霓裳，芭蕾天上秀专场。

来宾瞩目同昂首，炫动白云俏三湘。

2014年7月30日

闻中、俄马年相继举行盛大阅兵式，纪念反法西斯战争胜利七十周年

同盟血战忆当年，次第陈兵警敌顽。

角长焉能归北海，倭狂未可放南山。

2015年4月27日

快谈忆昨

罕言木讷性难移，偏遇卿卿语近痴。

不觉快谈时近午，逗余回首邈然思。

2015年11月16日

电大同学三十年聚会感赋

衣上征尘杂酒痕，岁阑传讯聚金城。

卅年浴火同磨砺，不意相看白发生。

2016年1月15日

猴年试笔（二首）

一

挟山超海御风行，意兴阑珊许后昆。

快雪时晴余一事，来车停处拥外孙。

二

葫芦沉水陆行船，抑兴违情颠倒颠。

恐怕同君留宿约，三生石上证奇缘。

2016年2月14日

无题有感

转瞬"礼花"变"雪花",径将冷艳易繁华。

寒风稍逊东风力,六瓣飘来不着家。

2016年2月24日

蔡锷将军逝世百年祭

袁氏王朝一瞬过,百年岁月又消磨。

东瀛蠢动疑多事,每忆间关马伏波。

2016年4月9日

咏多情

常时唯愿遇多情，情到浓时却烫人。
被烫难堪还反烫，莫如呆傻免遭瞋！

2016年4月10日

夏日随文联诸友一渡水采风六咏

一、中龙院

木石同林有夙缘，清清泉眼吐新涟。
潜龙入院灵根植，赐福人间二百年。

二、天河氹

乍泻天河氹已成，神仙眷侣正修行。
凡间文士初相探，桂酿三斟面色酲。

三、回溪风雨桥

访别神仙去寂寥，归程无处不妖娆。
檐栏别样凌河立，风雨人间第几桥？

卷三　绝句

四、西村坊

幽姿当日费筹谋，浪石西坊各千秋。

添彩梳妆成异景，诸君谁敢立潮头？

五、三渡水牌楼

钱公何氏结奇缘，三渡牌楼世代传。

多少孀居谁彰表？姻缘由命不由天！

六、春日暖阳赞

闻声恰似玉音纯，夏日同车有夙因。

纯粹温婉呈本色，阳光灵性见淳真。

2016年5月23日

和烟云山人

远游独处各相宜，静卧烟云此意迷。

借问同来诸友伴，何如范蠡五湖西？

2016年5月26日

忆北大门赏芙蓉

落花时节赏芙蓉，出水英姿孰与同？

自在看花花看我，直疑同在五湖中。

2016年5月27日

夜睡不实，起而无诗，聊以短章凑数

颇怪天高午夜长，无才梦醒似江郎。

捉来俚句成诗对，只剩丹心未卸妆。

2016年5月31日

有感于君哥只做文朋而赋

良相良医后逊前，霸才无主立身难。

情谊深浅何由辨？当浊旁清等此观。

2016年6月11日

咏夏雨

年来难忘是春霖，好雨知时万物萌。

窗外一时成夏雨，滂沱一夜弟心惊。

2016年6月16日

赠柳絮飘绵（三首）

一

一首微诗赠玉人，美玲看女正逡巡。

若能解你沿途乏，焉避劳神怨苦辛？

二

灵秀贤明远近闻，爱心互动又兼程。

美人远去谁心苦？不减佳人恋女情！

三、千里顾女图

束装辗转赴星城，爱犊情深受苦辛。

鲤跃高台龙化日，稀声大爱最堪珍。

2016年6月24日

问柳絮飘绵

美人昨日紧闭门，门外徘徊心事繁。

倏地现身湘水上，教他何地不销魂？

2016年7月3日

新宁作协同人邵东行诗（四首）

一、访邵东昭阳公园登昭阳阁

高阁昭阳立广庭，层阶健步参典型。

辉今耀古多才俊，岂独高人贺绿汀！

二、缓步绿汀湖

阁前放眼现宏图，时见荷塘鲤跃凫。

远去绿汀型范在，犹闻雅韵绕平湖。

三、往访黄家坝水库

一湖岸阔眼难穷，九数苍龙欲跃空。

水秀山青天远大，昭阳文脉孕期中。

四、邵东、新宁两地文友联谊茶话会掠影

东、宁文友喜同楼，展艺端茶志意稠。

桐水崀山缘一脉，生情兴感亮吾眸。

2016年7月17日

夏日独坐，赋诗二首，以赠红霞文友（嵌字）

一

不悔文朋交得晚，深秋同往看松枫。

相逢饮少居然醉，喜沐丹霞落日红。

二

李树飞花春渐晚，红匀叶脉看秋枫。

霞光炫目心犹醉，美透丹霞落日红。

2016年7月22日

卷三　绝句

贺友人生日

唐苑诗风耀远邦，玲珑良善见难忘。

秀书墨宝常遗我，美玉罕逢意欲狂。

2016年7月25日

午　睡

蝉儿窗外响成雷，饭罢神疲玉柱摧。

午梦回时宜起去，莫招斜日上床来。

2016年7月28日

庆祝八一建军节

四十年前喜验兵，遭人掉包泪留痕。

今生未遂疆场梦，也赞军神卫国门。

2016年8月1日

网友云端漫步拉萨游，赠诗以壮行色

云端漫步忒阳刚，桂玲湘山任丈量。

忽听日前飞拉萨，怡情山水傲苍茫。

2016年8月28日

秋日同作协文友瞻仰抗日阵亡将士罗时局纪念碑

鏖战长城剿日狂，疆场喋血好儿郎。

归埋遗蜕家乡地，万载犹闻傲骨香。

2016年9月16日

答小琴师妹问候，以诗代简，祝中秋愉快

秋风秋韵又一年，满地银辉月在天。

莫谓切磋时日浅，诗缘何用落言诠！

2016年9月12日

中秋节至，无以为贺，聊赋小诗一首，与群友共乐

天上冰轮看又圆，中秋共月始何年？

群欢切莫逗秋雨，朗月银辉四海悬。

2015年9月15日

读生活如波《读湖》，贺小诗二首

一

碧水汪汪何日成？无心窥破所由经。

扁舟来去无消息，能载幽人入渺溟。

二

四望无垠碧水深，灵湖荡漾映双英。

扁舟迢递离弦箭，乐伴卿卿爱意萌。

2016年9月21日

秋日北京游（四首）

一、朱棣定都

大位赢来实不恭，雄才稍逊李高宗。

肇基不忘龙兴地，殿宇回眸响暮钟。

二、游颐和园咏慈禧

则天型范是磁场，善妒工谗舞袖长。

专擅朝纲三十载，玩完帝业共儿僵。

三、游圆明园

世纪名园一炬消，参观凭吊客如潮。

邦强国固民同忾，不惧倭奴敢射雕！

四、漫步天津欧式建筑群

开先风气数津门，欧式楼房享令名。

贵胄达官何处去？百年一瞬见枯荣。

2016年10月18日

贺邵阳市诗词协会换届

邵水资江汇此城，人文蔚起聚诗星。

灵均健笔来源远，代有佳章入眼青。

2016年11月

和陈吉昌老师《赏菊有感》

俏立高楼艳远空，呼朋篱下抗寒风。

橙黄梨白人同雅，更赋幽怀入画中。

2016年11月13日

赠柳絮飘绵

世间情事最难明，浑似秀才遇到兵。

剑胆琴心谁会得？夜阑梦觉唤贞贞。

2016年11月14日

冬至节感怀

莫怨冬寒朔气侵，休嗟天短夜难明。

金乌自此回南转，至日来时暖意生。

2016年11月24日

赠政昌

政昌家门佳作迭出，顷又观其书法"惠风和畅"见报，口占一绝以贺。

翰墨诗文样样嗨，长湖安老是奇才。

舆情快意拈湖笔，为问丹青哪日来？

2016年12月28日

无　题

我爱清新娟秀姿，卿卿未许越雷池。

萧郎自此人行路，海样相思不费辞。

2017年1月15日

小年夜忆美人

长衣一袭见卿卿，宴罢归来诗意新。

为问身心孰为重？慰藉前身未了因。

2017年1月21日

无题有感

责吾不进河由进？若要撤除苦胆悬。

又见江南芳草绿，与君共证是何年？

2017年2月14日

故乡山间移植兰草一盆，今始花开，幽香满室

长叶柔和护蕊魂，荒坡野径起灵根。

幽香绕室风徐弄，春意频来赖此盆。

2017年2月20日

漫　兴

予取予求过岁华，光阴驹隙老犹嗟。

春时料峭寒来侵，夜坐无聊细品茶。

2017年2月22日

偶　兴

料峭春寒日上迟，顺年何事惹相思？

微诗欲捡投炉灶，免得纷纷笑我痴。

2017年2月23日

偶　兴

去年稍后此湖中，秀面荷花共晕烘。

秀面于今潜水去，荷花终日对秋风。

2017年2月23日

无　题

车逢去岁忆春游，有女如花亮我眸。

逗引诗情传妙句，如涛愁绪几时休？

2017年3月3日

随大邵公益参加学雷锋保护母亲河清扫活动有感

邵新大众聚夷滨，环保爱心两进军。

欲使江河生态美，雷锋形象个成群。

2017年3月5日

题美女岭上赏花美图

春来陌上绽红云，故地重游寄意深。

花蕊稍输倾国色，偷餐美艳饮甘霖。

2017年3月12日

巡田桂山行

文朋车队向巡田，久仰樱花上桂山。

中有美男才五岁，不甘人后勇登攀。

2017年3月26日

随作协文友桂山访樱花

初晴之日赴桂山，峭壁驴行弯又弯。

文朋眸子穿梭样，南山望过望北山。

2017年3月30日

读《赏月》有感

贞贞有女初长成，赏月娓谈父母情。

文脉由来凭代递，清于老凤是雏声。

2017年4月1日

致柳絮飘绵

经年交会慰相思，人面如花证遇迟。

何必再烦情侣眼，贞贞端的是西施。

2017年4月12日

素花微拍

乱草丛中茎蔓斜，暮春依例吐芳华。

初疑玉蝶当空舞，细看一蓬刺烂花。

2017年4月19日

自嘲（二首）

一

就韵依声戴锁枷，蹒跚舞步乐还夸。

因何肆意亲平仄，格律群中一爪牙。

二

诗词格律最难调，按下葫芦又起瓢。

乐此不疲缘底事？销愁祛苦除寂寥。

2017年4月19日

祝车晓浩主席作品上《湖南文学》

浩发雄文中大刊，一波推动一江澜。

群中才俊勤挥笔，佳作频颁可预看。

2007年4月21日

游山兼赏脐橙花

曲径通幽水漫池，翻山无意趁芳期。

百花开后她方发，香满人间玉蝶知。

2017年4月25日

无　题

乍会初聆疑是仙，垂怜见爱暗丝牵。

日前解得微诗意，许我红颜却恋缘。

2017年4月27日

贺湖南省诗词协会成立三十周年

龙年继绝续诗魂,四水三湘赋仄平。

而立之年重聚首,光前裕后奏新声。

2017年4月30日

贺邵阳市第五次文代会顺利召开

宝庆文兴代有人,又开盛会召嘉宾。

齐心聚力歌盛世,快乐身心风俗淳。

2017年4月30日

初会一年后寄友

有缘去岁共车翔，激荡心田赋《暖阳》。

君爱才情吾爱美，乐游原上奏霓裳。

2017年7月23日

城步行六咏

一

昔上天坑美女从，姗姗步态浩哥恭。

归来又弄湘塘水，诗里何人媲芙蓉？

二

者番随友上南山，车路盘旋数十弯。

登顶紫阳堪纵目，美人无意炫娇颜。

三

夕阳影里下重霄，故垒长安寨已凋。

归宿农家清静夜，指挥若定称叶飘。

四

蓝玉潇湘负盛名，同瞻故里觅生平。

杨家父子真奇杰，木叶苗歌入耳清。

五

叶飘招待又亲陪，听胜须眉尽酒杯。

多少抑强扶弱事，潇湘难得女侠才。

六

深情晓浩结缘多，邵水南山次第过。

接力文坛襄盛举，俺们受惠发吟哦。

2017年8月8日

赠小樱桃（二首）

一

游罢桃源又河滩，车君邀约上南山。

晨光闲趁观绝景，石垒苗街水潺潺。

二

曾探天坑误是仙，归窥荷韵水成湾。

南山绝顶天空阔，牧草青青映玉颜。

2017年9月4日

访亲回程中，望伊人兮不见，聊赋短章

醉意蒙眬尚认家，归车瞩目远楼遮。

何当再入春风座，觅得微诗笼碧纱。

2017年9月26日

和肖凤菊女史悼科学家南仁东

致力天文冠宇寰，献身天眼廿余年。

铸成重器伤君逝，接力何人肯息肩？

附：肖老师原玉

一笑南公举世钦，创开天眼水龙吟。

为何能抵高薪诱？爱国情怀胜万金。

2017年9月27日

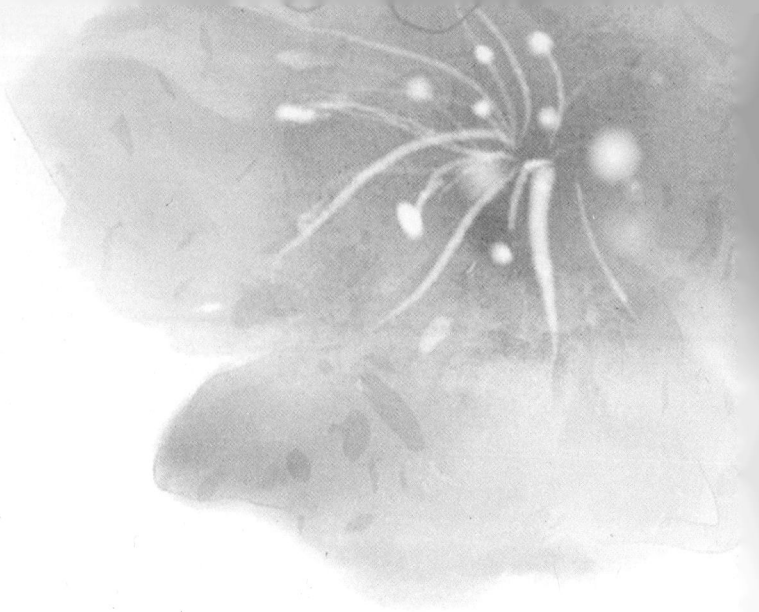

卷四　词

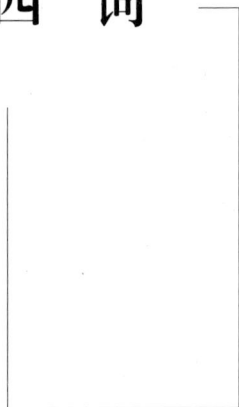

卜算子·高中毕业后第一次劳动伤足

体弱缚鸡难，身瘦休担重。荷石千钧胆气豪，砸足踝伤肿。
痛楚怎消停？侪辈能邀宠？少壮辛酸此肇端，患难几旋踵。

1972年2月4日

清平乐·雪

朔风雪伴，飞絮飘天半。满目苍茫行迹罕，腊尽流年暗换。
严冰无奈山松，顶风傲立从容。更有痴心男女，凌寒挑土邀功。

1972年2月21日

采桑子·春

腊期过后春光溢，柳绽星毫，草发新苗，好雨知机润尔曹。

莺声唤醒鸳鸯梦。宿酒难消，澎湃心潮，惆怅寒梅雪后凋。

1973年7月21日

清平乐·夏夜

夜浓山暗，雀噪蝉声软。竹树消停风不漫，露上青禾叶畔。

月明心意难平，纳凉独自徐行。触我一腔幽独，夜阑佳梦难成。

1973年7月21日

西江月·悟空赞

精怪石山初蹦，生来卓尔非同。水帘洞府众生崇，渡海寻师圆梦。

苦练绝招法术，上天入地称雄。誓除妖魅气如虹，舞动金箍棒重。

1973年10月20日

一斛珠·初春雪景

劲风南北，寒流来侵将盈月。高天如絮纷飘雪。新月匀辉，四顾尘声绝。

久寓严冬思暖切，金乌频把毫光射，风物催人，腰向山河折。

1974年2月2日

卜算子·赞文王的一点刀法

星子射明眸，熠熠光千缕。沥胆披肝表赤诚，涕泪挥如雨。

泪雨几时休？此疾何时愈？愿得双心似一心，春日相思叙。

1975年

满江红·崀山传说

传说远古时候，财神菩萨驱赶一群神羊远赴南国御侮，道经崀山，他因小解耽搁，回头不见羊群，一路寻找，忽遇一妇人，忙上前行礼打听："请问这位大嫂，你看见一群羊从这里经过了吗？"哪知此妇人乃是观音菩萨化身，她听财神菩萨叫她"大嫂"，气不打一处来，遂将杨柳枝往南一指，骗他说："我看见一群羊慌慌张张地往南边跑去了。"要知道那观音法力高强，她随手那么一指，那群活蹦乱跳的羊群竟然一瞬间化作了一堆石头，可怜财神菩萨左赶右赶，由于他的法力远不如观音，这群石头就是不动。这就是崀山丹霞群峰的由来。

亿万斯年，狼烟起，驱羊破敌。行旦夕，众山拦路，江流何疾？
一念筑成南国垒，筹谋退却西来敌。经石田，一揖向观音：羊踪迹？

此老妇，偏愎急。为泄愤，行天逆！竟挥鞭南指，石山丛集。
数载苦辛篮盛水，间关跋涉空飞檄。对昊天，菩萨发冲冠，伤心极！

1976年8月18日

西江月·观影

娟秀何须朱粉，英姿语莫形容。珠圆玉润美颜同。皓月差堪与共。

疑是中霄惊梦，天庭仙女娇慵。电光石火化长虹，白雪阳春吟诵。

1977年7月3日

清平乐·看戏

心明眼亮，真个倾城相。此日鸳鸯心一向。婉转歌喉更唱。

独居所念难逢，两般心意相同。佳日漫言又至，我心犹是忡忡。

1977年2月

忆江南·题照

东风起，春意蕴东山。人趁风华宜努力，休将白首误残年。精进莫辞难。

1978年3月15日

满江红·月夜观花

正好芳姿，为何事，西风向隅？花事盛，遭风姨妒，乱红如雨。怕看缤纷偏朗照，满园妖娆无人理。学黛玉，铁斗共筲箕，勤持取。

欲滴血，伤倦旅。云入月，遮羞侮。把芳魂安顿，泪凝谁抚？葬罢群芳唯束手，赋诗难有惊人语。到头来，一曲唱红妆，餐愁苦。

1978年5月22日

菩萨蛮·初进武冈师范

四方同学初相识，南鸿夜眺归飞急。学校起高楼，逗留楼上愁。

乡关曾负笈，慕武丹青碧。壮岁进黉门，求知真耗神。

1980年10月6日

醉太平·有感

波涛变陵，初心永铭。迩来十载相盟，叹音书未呈。

年月遽更，春风断筝。怅怀旧恨无凭，悔当初薄情。

1980年12月22日

踏莎行·周日思乡

（用秦观韵）

塔映田畴，桥连乡渡，故园望断知何处？当年烟雨漫春江，飞流隔断归家路。

客寓思亲，频涂尺素，歪诗涂写无重数。梅花映雪带春来，为何不等春归去？

1981年3月29日

西江月·漫兴

明月良宵徐没，容颜憔悴如何？伤神往事叹蹉跎，愁泪强行吞落。

时遇十年浩劫，身心巨耐消磨。苍天赏赐应同多，我辈缘何命薄？

1981年3月30日

念奴娇·看《永恒的爱情》

倾心邂逅，对歌复野战，情深人妒。雪下花前皆踏遍，浅上素装刚够。怨女痴男，休轻谑语，一去离家怒。良宵无寐，万千愁堵难诉。

愿替夫婿操持，艰辛历尽，病患真顽固。回首前尘无限事，事事都来趋附。吐蕊奇葩，艺青炉火，脱颖毛锥露。魂兮归去，要留风月常驻。

1981年4月10日

满江红·喜分飞

日夜忧心，终身事，乱吾方寸。犹自记，几年磨难，精神耗尽。逐臭蚊蝇终不改，趋腥猫狗遭人哂。对尤物，往昔岂无情？舌磨钝。

忍让事，头已晕；贪且横，愚而蠢。万千空许诺，语而无信。半世风尘凭泛滥，平生意气随缘分。喜此日，一拍两离分，吾心顺！

1981年10月4日

念奴娇·欢迎新同学

同窗又到，正邦国喜庆，校园生色。去岁视图犹在眼，伴我夜窗青柏。宝塔雄奇，资水明净，里外俱澄碧。此中真趣，妙哉难与君识。

遥想执教当年，孤芳自赏，事后知才仄。十驾马驽功不舍，学海苍茫闻笛。子建才高，人称八斗，已作无涯客。成功凭我，但须争抢朝夕。

1981年9月21日

渔家傲·咏菊

丹桂凋零梅沉睡，东篱吐蕊知何意？夜送沉香金风细。重阳醉，金甲遍地甘憔悴。

游学都梁家别内，茱萸遍插思无已。日看稻菽将黄穗，难入寐，心中又作归乡计。

1981年10月1日

南乡子

世少高龄人，似水年华转瞬沉。美景良辰何处去？青春。抢秒争分又日新。

贪爱莫消魂，只恐霜华误此身。待到满园花似锦，娉婷，毳鬖凝眸对夕曛。

1981年10月1日

天仙子·儿女情（二阕）

一

千里喜音吾独省，夜阑梦回愁未醒。别君君去几时迎？抛不去，当时景，廊柱雨中凭不定。

二

掏尽湿沙方见锭，患难舍身凭本命。高塘云过雨停匀，知我意，迎君临，遍地落花香满径。

1982年4月29日

少年游·记梦

　　快游旷野静无声，疏雨润荒径。逢人叩问，飞鸿北去，可否订鸥盟？

　　幽深古堡频呵壁，谁可露峥嵘？梦醒神驰，时空穿越，斜月已三更。

1982年5月4日

巫山一段云·闲愁（二阕）

一

桥鹊重相会，青春愁损多？那时情绪总难和，翻覆奈愁何？

心意难传递？相看泪眼沱。哪堪素笺谱离歌，情镜最难磨。

二

困起离书枕，挠头魂梦游。欲倾江水洗双眸。暝色掩重楼。

两地音书绝，思量春到秋。歌诗欲赋总无由，辜负几多愁。

巫山一段云·见刘君

曲径幽无客，伊人蹑步过。剧场旧事脑回波。岁月疾如梭。

此际疑为梦，当时兴味多。诱人佳话付渔歌，灵肉两消磨。

1982年5月9日

菩萨蛮·有赠

月笼寺院增惆怅，依稀身影窗前漾。移步弄堂时，暗中予构思。

夜阑寒露聚，梦觉离人语。明日早还家，勤浇篱下花。

1983年10月17日

水调歌头·《邓选》初读

伟业待承继，寄望党中央。邓书一卷传阅，何止到潇湘。毛老周公仙去，此任天公赋予，起落一身当。胸负济民志，告老未还乡。

谦高位，荐毛遂，振朝纲。周勃无才一笑，今日谱新章。唤起潜龙飞举，拂拭金典文字，可与日争光。休作寻常看，多难再兴邦。

1983年

西江月·咏桂

丹桂初生福地，山乡遗漏芬芳。移盆归去盼非常，全在眉间心上。

银汉何其邈远，蟾宫鬓影清凉。仙宫桂酿酒绵长，美景良辰堪赏。

1983年12月12日

临江仙·看小作文

忆昔天真绚烂事，心潮起伏难平。黄金岁月去无声，折花须趁露，莫待月盈庭。

自古少年多绮梦，成才贵在耘耕。日长磨杵有针呈，休言锥刺股，何必起三更。

1983年12月21日

赠L君（三阕）

一、雨霖铃（剥柳永同调）

离情凄切，忆羊城晚，夏雨初歇。营房闷坐无绪，伤心极处，怜儿娇发。镜里灯前泪眼，触幽怨悲咽。路迥迥，千里行程，汽笛鸣时万山越。

情人自古伤离别，更何堪，正少年时节。今宵寻醉何处？难逾越，水天相隔。易老人生，多少舒心乐事虚设。便纵有似水柔情，懒向情人说！

二、八声甘州（剥辛弃疾同调）

与同窗漫语偶聊天，课下趁清秋。叹浮生似梦，故交散尽，雁过难留。愁杀红消绿褪，春尽物华休。唯有夷江水，滚滚东流。

不忍登高望远，闻道春愁织，涕泪难收。有无穷琐事，镇日苦凝眸。想吾侪，痴心儿女，见几回，江面荡空舟。谁知我，笑谈声里，多少闲愁？

三、洞仙歌

仙姿初仰，醉深情眸子，别梦参差十年似。待重逢，传语膝下儿郎，识我否？小子频言不是。

皇城重聚首，两载春风，恨路遥，天少情思。谁解我心结？满腹幽怀，休说得，豆麻旧事。等路转峰回再重来？又不道其时，可称佳士？

1984年4月2日

人月圆·国庆三十五周年

雄狮已醒千年梦，试看俏中华。工农并进，各绽新葩。

神州牧马，青天可上，奇迹堪夸。雄风再鼓，京华盛会，朋满天涯。

1984年9月27日

临江仙·庆祝石烛文学社诞生

乳燕长空初试翼，蓓蕾带露新晴。愿为吾道去耘耕。烛心初吐焰，稚笔赋新声。

瀚海兴波掀巨浪，诗旗代有人擎。人生真谛看分明。天光云共影，破卷到三更。

1985年2月24日

忆江南·携友上骆驼峰（四首）

一

艳阳里，同上骆驼峰。极目天边夸胜景，舒心崖畔语从容。珍惜此怀中。

二

登山忆，最忆半山留，柔柳当风疑不胜，娇颜遇热喜凝眸。粉面亦含羞。

卷四
词

三

登临忆，其次忆心胸。曲意依偎豪气在，真心伴我上驼峰。凄美慕英风。

四

登临忆，再忆返程中。避忌有心寻歧路，分行无意又相逢。一动两心同。

1990年六月初二

贺新郎·看电影《红楼梦》

一片称金笔。破除了，帮规束缚，艺坛春溢。寂寞无聊诸事厌，初识京华往昔。轻抛弃，经书百册，要与裙钗同志业。窃《西厢》，披阅双心慄，皎绡上，泪珠滴。

无常尘世风雷激，叹无缘，前尘皆幻，赤心难识。漏尽潇湘肠已断，诗帕痴心同炙。唱一曲，鱼珠蟏鹢。猛醒场中全魑魅，到何处觅至亲相揖？丢百念，去头帻。

1978年12月1日

西江月·赠友

僻处荒园枯寂，忽来淑女名媛，投机共话处忘年，镇日流连不倦。
常忆拥炉连坐，哪堪独对南山！距离太近怒红颜，哂尔单方情愿。

2002年元月

水调歌头·赠友

共习教书艺，都是可怜虫。身心燃烛相似，寸寸化泪空。三载
庵中共事，半岁窗前坐对，何日不相逢？未听摄生语，伤痛损身躬。

邀同伴，拨冗务，探伤翁。热肠古道，心心相印发由衷。触我
腔中热血，还报撕张薄纸，俚句也从容。破浪期来世，同唱大江东。

2005年7月8日

鹧鸪天·携车君晓浩、王君友好游小三峡

客到方知岁序移，寻春看上碧桃枝。天椒怒向青天竖，败叶纷披水面吹。

波荡漾，桨双垂。远山雪霁暮云飞。流连半日心陶醉，夕露无妨沾我衣。

2000年2月

转调踏莎行·"土匪"的一次艳遇

整队出行，蒙童考监，意中人脑眩。匪头见，中巴斥退，车来如愿，招呼共坐胜离弦箭。

到点车停，佳人笑靥，巧安排住处匀娇喘。更深人静，巫山云雨乱，他一个龌龊风流伴。

2000年2月11日

点绛唇·记梦

廿载风尘，容颜犹似当时雨。巧逢花圃，烟雨迷吾汝。

小径徜徉，话到关情处。愁肠堵，夜阑神倦，梦醒心凄苦。

2006年8月

鹧鸪天·病中

二竖相侵别讲坛，头昏腹胀夜如年。羡他出手皆收获，始信文凭不值钱。

愁日永，避俗缘。勉从故纸理吟鞭。今生福薄原由命，日落沧桑又一年。

2006年9月19日

霜天晓角·旧居琐忆

龙头虎尾，如梦山水里。人似画梁秋燕，猫老屋，说如此。

旧朋常一遇，不知身似寄。君逝四周寒食，阴阳隔，荒冢垒。

2006年9月

卜算子·旧居

江畔小山边，旧居连村道。绕屋芭蕉翠叶长，个个遮阳罩。

暇日去还来，坐觑闲禅闹。月上枝头梦醒时，转忆归来好。

2007年7月

浪淘沙·记梦（二阕）

一

巧遇在闺边，喜上眉间。一朝缱绻任流连。契合不知身似梦，片刻鸳鸯。

醒后定心弦，意兴阑珊。重逢休要怨缘悭。万种相思今日始，忘也难安。

二

纤指揽柔葱，且共从容。明月绣屋小窗中。可是当年如意地？一瞥惊鸿。

梦醒趁清风，此恨无穷。落花有意水流东。况有摧花凶太岁，心碎谁同？

2007年8月29日

卜算子·雪

苦旱伴春来，寒雪压春到。划地山川雨化冰，朔风犹呼啸。

松树抗寒风，翠竹甘酬道。待到春回大地时，再展高格调。

2008年1月24日

采桑子·夏日偶兴

阵云迷雾来天外，玄鬓声稠，山暗风愁，暮雨潇潇似素秋。

病来戒酒投闲后。销尽风流，伫立凝眸。蓦地鲜花着满头。

2008年7月6日

临江仙·中秋

秋日炎威初去，东山月魄新逢。恼人琐事一重重。去年今夜雨，天地尽愁容。

弹指经年轻过，中天弥月朦胧。暮深人静奈烦浓。睡残三更梦，起看北山松。

2008年9月24日

女儿打工（二阕）

一、渔歌子

学苑逗留若许年，文凭修就未能闲。糊口饭，挣来难。秋凉乳燕且图南。

2008年9月

二、鹧鸪天

廿载书窗日月光，穷年兀兀岂寻常。偿还学债心犹累，择业谋生苦计量。

"公"路窄，"教"途茫，牛刀小试愿难偿。秋来无赖凉风起，乳燕毛丰去远翔。

2008年10月

念奴娇·戒酒

鲸吞象吸，慕前贤无数，风流人物。阮籍癫狂能避祸，魏武衰颜心烈。善饮陶潜，贪杯孟德，太白柔肠热。仁人志士，尽为宏量奇杰。

遥想壮岁当年，年头节尾，酒瘾频来聒。臭味相投人几个，临去心迷力竭。病痛寻源，B超胃镜，数疾端杯得。将壶闲了，老怀空对明月。

2008年10月3日

临江仙·清明忆故友

饮别骑鲸西去，余生常似飘蓬。阴阳阻隔路重重。夜台君去远，寒食鹃花红。

今夜孤魂何处？当窗淡月蒙蒙。酒消人静奈愁浓。冀君来我梦，即趁五更风。

2009年4月10日

满江红·贺邹邦旺《凌霄诗书集》书成

岁月峥嵘，身甫退，征尘又叠。多效力，社区服务，寒威日烈。诗赋吟成关社稷，墨池挥洒同明月。笔力健，五卷录雄文，心关切。

学不晚，鬓已雪；拦路虎，都将灭。把红尘勘破，唾壶捶缺。晚节岂容铜臭染，清名不负先驱血。得自由，绣口咏乾坤，存风骨。

2009年12月13日

最高楼·秋登八角寨

盘山道，真个上天梯。八角势崔嵬。寨门倚壁真奇绝，山头杂树世间稀。见如何？坚似铁，重如锥。

跨两省，桂湘何是界？翘八角，险峰随处在。龙首挂，象容垂。云台寺里钟声远，舍身崖畔夕阳低。暮云平，回望处，雁飞时。

2009年12月28日

捣练子·思（二阕）

一

同饮水，住长干，玉面桃花取次看。后羿苦离天上月，夜来幽梦会红颜。

二

行渐远，玉音稀，不悔经年缱绻时。无奈夜长人不寐，月华千里浸相思。

2010年春

满江红·五七初度

如许年华，空掷去，此身十七。头渐雪，室平巢解，借人闲宅。
少壮经年酬稚子，病归故旧无消息。若惊雷，击散梦中缘，苍凉立。

对鬓影，愁若织；求异遇，空陈迹。纵情浓似酒，共欢难及。
少小宜倾金樽满，老怀莫对寒蛩泣。到而今，只愿崀山青，夷水碧。

2010年6月

贺新郎·偶遇

梦扰塘前路，遇芳华，倾心一挵，棒敲心鼓。细捡尔来双十载，
灼我相思凄苦。觅弃难，真成骑虎。此地徐娘人未老，镜中颜皤鬓
真渔父。腔内物，沸汤煮。

故居抹去藏狐兔，问卿卿，闲情畅叙，怎生能诉？异地筑庐仍
向壁，绮梦真能成否？路邈邈，诗成谁与？大旱云霓何时起？降甘
霖，惠遍吾和汝。余岁月，待重数？

2010年6月

临江仙·有寄

澎湃心潮谁见？年光销尽风流。兴酣嬉戏古桥头。春风疑满面，私秘入人眸。

夙愿欲成无地，思量难忘前由。风高月暗水悠悠。可人常入梦，同上五湖舟。

2010年8月

鹧鸪天·偶兴

辗转难眠会又空，廿年情路雨兼风。贞心不易真如铁，柔念如稠袭我胸。

心缱绻，语从容。平生志趣与君同。深宵写就缠绵句，或恐相逢盼梦中。

2010年8月

念奴娇·观张继科鹿特丹世乒赛夺冠

群英抖擞，会师鹿特港，荧屏留迹。继科初征何惧虎？运凤目，凝秋碧。拍动神愁，推拉力沉，巧手堪称国。人球合一，望中酣畅至极。

波尔欧赛王冠，斩关夺隘，以主来欺客。智尽力穷屈手下，今夕不知何夕！王皓雄强，偏逢藏獒，无可施其策。仰天长啸，一声如响金笛。

2010年

沁园春·国庆六十二周年

古国新姿，万众舒心，迈步小康。看金瓯补缺，完归港澳。策颁两制，海岛通商。执政为民，倡廉反腐，社会和谐正气彰。吾人民，正龙腾虎跃，血脉偾张。

中华脚步铿锵，有捷音频传遍四方。看神舟探宇，嫦娥赐宴；蛟龙潜海，敖广飞觞。矫健儿郎，扬威大运，蜀郡三年疗震伤。中秋夜，献颂歌一曲，余韵留梁。

2011年

夜游宫·失眠

暗雨敲窗数起，凝神处，赁居人第。异地新巢修未就，夜深沉，久思量，心更累。

古屋深山里，种几亩，豆苗禾类。志业无成我亦耻，竟谁知。到如今，心近死。

2012年8月1日

念奴娇·六十初度

榴花开罢，算匆匆远去，轻寒时节。落日青山收倦眼，渐老身心同竭。乳燕归飞，新巢待筑，此地终将别。楼空人杳，故园风物堪说。

怕去序庠勾留，时移人异，堪缩叨叨舌。无用书生归去晚，知己云山千叠。寄意渔樵，聊亲诗酒，闲把山花折。镜前休愕，又生多少华发。

2012年7月13日

千秋岁引·有寄

欲拒还迎，如诚似骗，妙曼蓝图尽成幻。相邻竟如十万里，多时未见斯人面。涤春愁，隔秋韵，怕添乱。

才过这村无那店，挪过这挑搔首担，只要能偿白头念。当初漫吟好事近，而今误我伤春愿。夜阑时，梦回后，思量遍。

2012年7月14日

昭君怨·入住新居

节近南园远骋，去就北居新境。触目面生人，竟为邻。

心事眉间有喜，世事纷繁如水。晚景不须嗟，且安家。

2013年3月1日

最高楼·忆旧

蒙童业，伤病倦辞归。同道渐行稀。扫盲下队陪读夜，勤工窜岭拾茶时。有峨眉，磨厮鬓，更吟诗。

也莫道，美人颜已灰；也莫道，笺章情意违。离记挂，见归依。护花心意无人会，惜花情绪太凄迷。叹苍生，如意少，运来迟。

2013年3月12日

临江仙·高中同学毕业四十二年后聚会

别后音容飘杳，相逢星鬓萧条。卅年岁月共煎熬。踏青人聚会，饮白语喧嚣。

兴盛酒酣围坐，相期珍重今朝。小街尽处月华高。又从今夜别，各弄夕阳潮。

2013年4月

浣溪沙·立夏后一日骑车回故居途中遇雨

脐果真多笋尾斜，山间鸟雀竞喧哗。驱车径往旧时家。

喜怒无常天忽雨，挤身崖畔怨她呀！路边树下聚桐花。

2013年5月7日

眼儿媚·有寄

才下眉头上心头，细雨更添惆。天风吹得，巫山云散，便道休休。

前尘回首如春梦，多半付江流。纵然会得，朝朝暮暮，怕碰双眸。

2013年5月10日

醉花阴·六十抒怀

尘世沧桑多变数,对镜苍眉宇。转眼又生朝,把酒言欢,席散人行路。

睡酣夜阑惊狮踞,赤脚沾凉露。狂奔梦魂归,抖擞精神,再举余生箸。

2013年5月17日

鹧鸪天·观李晓霞巴黎世乒赛夺冠

喜上眉梢捧玉杯,经年磨炼晓霞催。银球来去云流水,金拍翻飞汗湿衣。

师意惬,弟心怡。挡推拉吊尽相宜。今宵圆梦巴黎夜,相拥银屏泪雨飞。

2013年5月22日

贺新郎·观张继科巴黎世乒赛夺冠

五月乒乓节。走巴黎，高手云集，战场重设。奥赛归来多起伏，难与龙、新抗颉。算不准，球坛多黠。满贯重来圆绮梦，接双亲，近睹翻新页。凌厉极，创奇绝。

而今迈步从头越。一场场，淋漓酣畅，赏心目悦。鲍姆多斯浑闲事，强势昕哥没辙。老对手，前仇欲雪，无奈藏獒堪赛虎，犟王皓又负巅峰决。不世出，敬雄杰。

2013年5月23日

鹧鸪天·无寄

卅载风尘忆倍欣，当年爱煞意中人。影坪执手情何限，茅屋探花可怜身。

形阻隔，意生温。遭逢造物隔缘分。相邻咫尺无消息，啼血鸳鸯唤梦魂。

2013年7月

巫山一段云·有感

邂逅庄严地，红绳系向丫。蕊儿拼却露仙葩，相与调琵琶。

尝尔包中馅，啃咱笔样瓜。莺儿飞向别人家，情绪满天涯。

2013年7月

鹧鸪天

副热带高压盘踞江南月余不去，暑热难耐。幸台风"尤特"强势登陆，送来及时雨。感而赋此。

连月晴空禾菽焦，桂湘浙赣副压高。愁看日影天生恙，忍对星空夜发烧。

河库涸，渠塘消。众心聚力觅波涛。南来尤特多风雨，或奉菩萨救难邀。

2013年8月15日

满江红·中秋赏月

　　迁徙南来，巢傍筑，夷江清澈。帘外望，玉团初上，夜天空阔。寂寞蟾宫藏玉兔，思乡楼上千千结。转冰轮，离合古今情，谁与说？

　　闲情赋，无暇阅；零岁月，看看竭。忆无端辗转，早生华发。跋涉经年吾老矣，同侪学子都飘忽。留不住，天上月常圆，休呜咽。

2013年中秋

贺新郎·中秋

　　八月天宜旅。赏佳节，天空如洗，游人出户。月上东山初入夜，桂树零花漫舞。白露后，翻遭轻暑。帘外移来朦胧影，思亲漫忆于飞女。多少事，疾如许。

　　故园渐远临江渚。遍田畴，葡萄正熟，任人收取。旧好新知皆缥缈，行迹难储片羽。畴昔诺，临期谁与？桂魄流光低绮户，照无眠思绪砌成圃。强入梦，远愁苦。

2013年中秋

浣溪沙·见弟妹家中无花果有作

吟笺伊人梦亦单，陌头杨柳怯春寒。露浓冰面有无间。

岁月操刀模样改，痴情恋旧会心难。乱抛精力自摧残。

2013年10月31日

青玉案·忆旧

尔时罕遇湾塘路。趁晴日，归宁去。邂逅张生趋庠序，酡颜储酒，玉盘揉碎。快意君知处。

深眠醉卧斜阳暮。望断佳人思佳句。恐惹卿卿嫌我陋，愁怀难遣，翩翩思绪，更落黄昏雨。

2014年5月21日

鹊踏枝·冬日漫笔

触目凄凉寒思煦。黄叶纷披，四下飘无主。弃置书鞭归倦旅，省心免把诸生误。

莫纵游丝添异数，华发回青，没个商量处。搔首廊前无一语，停兵休再敲金鼓。

2014年12月16日

眼儿媚·忆旧

当日分明后来蒙，岁月退青葱。故人星散，脚程辗转，雨日晴空。

柳条摇曳风驱日，此际见衰容。许他超迈，容吾萧索，守护凡庸。

2014年12月19日

踏莎行·崀山寻梦（新韵十三姑）

养在深闺，仙姿乍露，山盟撞碎重重雾。旅游会上见分明，万年一恋千人慕。

赐"崀"南巡，斑斓泪烛，英娥绝恋苍梧误。将军望断楚天云，芳菲落到谁家去？

2015年1月2日

临江仙·诗词癖（词林正韵）

忆昔家山娇媚，酿成绮梦三千。伤时阅世历经年。浮生随俯仰，夙愿未曾捐。

此日居家闲散，倾心缠定诗篇。夜深人静兴未阑。挠头敲一字，苦乐正相煎。

2015年2月

满江红·乙未初秋感怀

倦旅归来，年月换，山河依旧。堪纵目，远山丹壁，夕阳盈袖。
此是年来开发地，平畴旷野添锦绣。车声稠，曲径变通途，三湘走。

水自瘦，秋来又。人渐老，欢何有？把忧伤滤罢，与时相守。
夙愿无成空怅惋，耽书握管疲难久。携山妻，四野共徜徉，黄昏后。

2015年8月9日

水龙吟·夜坐

小区日尽尘声，风高吹得炊烟坠。飘香入鼻，润喉咽唾，动人
馋思。耳顺悠闲，诸般抛却，故乡全委。忆青葱岁月，雄心勃发；
时难遇，潜难起。

揽镜苍颜憔悴，老来今，年光如驶。阳台独坐，夜深人静，月
华如水。心海无尘，澄明万里，尽消疲累。恨无成老去，萧疏华发，
此生云尔。

2015年8月9日

虞美人·仿宋人听雨词意

幼时苟活荒村下，蒙昧憨顽耍。中年进学再成家，梦碎军营人替在天涯。

老来退养新居住，无事踱踱步。知交依旧罕相逢，一任鬓飞霜雪仍从容。

2015年8月29日

唐多令·有寄

犹记路中途，娱情弄那柔。二十年束手赧羞。柳下惠仪非我范，算时令，又中秋。

时日看梳头，空将倩影留。旧相思换作新愁。欲共蒹葭同缱绻，除是梦，也难酬。

2015年9月26日

鹧鸪天·记愧（并序）

崀山完小毕业迄五十载，公交车上，一女士直呼予名。予愕然。伊又言："汝犹识我否？"予既之以茫然，遍索脑海，竟无一毫痕迹，遂漫应之，归而赋此。

邂逅公交唤我音，茫然赧对汗频涔。谎称熟识忘名姓，遍觅"仓储"无处寻。

从别后，未交心，可怜无处共行吟。有心造访羞移步，纵是相邀寄意深。

2015年8月13日

十六字令（三首）

一

牵。情系婵娟忍独眠。心心念，注目恋楼边。

二

空。欲见窈窕遇梦中。关情处，人在恋楼东。

三

藏。浪漫情怀入醉乡。中宵月，辉洒恋楼旁。

2015年11月20日

醉花阴·苦雨

冷雨敲窗前夜又，辗转眠难透。今日复倾盆，晦暗心情，眉共
山川皱。

剧谈那日晴明候，惹昊天深究。月白盼风清，心意悠闲，只把
寒梅嗅。

2015年12月5日

临江仙·湖南电视大学新宁教学班三十年初聚

赍志畅游商海，归来意兴飞扬。倡言握手聚同窗。经年尘满面，细看鬓成霜。

回首卅年情事，谁能躲过沧桑？声名运命任翕张。愁怀宜渐忘，对酒且飞觞。

2016年1月10日

虞美人·题新宁作协文友西村坊雅会

文朋寻觅春游道，有说西村好。从容调度七人房，寒食踏春三渡古牌坊。

百年古迹今犹在，熠熠生光彩。诸公无不富诗才，微信爆屏全是锦章来。

2016年4月5日

金缕曲·蔡锷将军逝世百年祭

百载须臾去。痛当初，神州板荡，乱丝难数。才见共和终帝制，袁逆贪心又觎。甘作孽，筹安劝与。万里间关长跋涉，有红颜助脱樊笼去。率虎旅，义旗举。

登高一呼跟千侣，笑京师，伪官鸟散，沐猴失所。众手回天功最伟，百战皆为余绪。国事巨，须君亲赴。孰料英才天多妒，染沉疴魂断扶桑寓。千载下，恨难语！

2016年4月9日

贺新郎·蔡锷将军逝世百年祭

乱世雄才舞。蔡松坡，天资毓秀，生才如炬。学艺扶桑资国用，志意无心陇亩。忧国事，千头万绪。咸与维新频辗转，此身明志用心军旅。袁篡逆，蔡能阻。

桃红助脱囚龙去。绕交趾、回滇取道，间关趋赴。振臂一呼山海应，丑剧轰然失措。是俊杰，真该无惧。自古英雄多磨难，患沉疴赍志魂飘举。千万世，美名著！

2016年4月9日

临江仙·志恨（格三）

搓尽柔肠心任累，多情总是愁侵。簪花小字证初心，浓怀欲结，
伊意杳难寻。

情切竟敲违意字，径回决绝悲音。此生无复付歌吟。卅年逝水，
悲慨最难禁。

2016年4月15日

浣溪沙·春意

料峭春寒尚滞留，渐闻蟆蝈秀歌喉。仰观雁字亮吾眸。
莫怨韶华空掷去，但欣春色满神州。旅人酣唱信天游。

2016年4月19日

蝶恋花·旁观一对藕断丝连的情侣

不舍经年情缱绻。春梦无常，铸错非心愿。带雨梨花娇且艳，
七人房里悲声眩。

爱火频烧生变乱。我见犹怜，何况愁难遣。可惜旧欢生拆散，
江帆风送舟如箭。

2016年4月30日

踏莎行·农家

铁犊轰鸣，旱垄水漫，如毡秧圃伸如箭。一年好景夏初临，倍
忙五月农家乱。

少壮离巢，孙娃相伴，莳田作土团团转。年高断不误农时，夜
阑方入深深院。

2016年5月6日

鹧鸪天·瞻仰宛旦平烈士陵园

祖国承平七十春，当年拼却少年身。囹圄锤炼忠贞骨，战阵恢宏志士魂。

型永驻，范长醇，一腔热血励儿孙。吾侪莫堕前贤志，收摄心神再进军。

2016年5月16日

捣练子·闺怨

明月共，枕衾寒。夕别朝辞只等闲。午夜梦中常聚首，赏诗联句到郎边。

2016年5月28日

踏莎行·咏七夕

绿女红男，赤心诚念，十分情爱何人见？香荷枯罢紫薇来，鹊桥又见卿卿面。

骚客吟诗，痴人许愿，天阶夜色如环转。一怀愁绪梦回时，月牙窥探深深院。

2016年8月9日

贺新郎·庆祝中国女排里约奥运会夺冠

里约雄关铁，数风流，美俄荷塞，争先声切。更有巴西凭地利，未取金牌不歇。小组赛，场场惨烈。郎导督师关塞屹，斗群雄，屡挫心犹倔。初赛罢，短兵接。

主场苦战声名裂。看荧屏，传波万里，国人惊绝。再战荷兰风更劲，网上球飞飘雪。非故我，争锋不撤。决战奉还如许恨，塞尔亚泪尽长流血。举国庆，醉明月。

2016年8月20日

念奴娇·中秋

丙申中秋，阴云满天，赏月无望，所幸十六夜月明如昼，因有是阕。

中秋眺望，竟天空飘絮，玉盘无迹。造物无端添异数，"兰蒂"滔天声息。桂影何潜，姮娥何在，许否吴刚食？"苑"成广大，女神风飔吹折。

无望意兴阑珊，收心摄意，诗韵无由觅。不意转天圆满大，普照换成今夕。便欲高歌，重拾雅趣，瞩目天庭碧。苍山如海，夜空全览光熠。

注：今秋，十六号台风"莫兰蒂"席卷厦门，厦门大学校牌被吹成"广门大学"，女神像被拦腰折断，湖南中秋夜云系增厚，赏月深受其影响。

2016年9月18日

踏莎行·北大门生态停车场健步，初闻桂香袭人

群树葳蕤，秋深景换，风来江畔花初绽。佳人才子摩肩临，幽香入鼻频相唤。

浅叶浓花，白黄相间，暖阳烘染芙蓉面。路人难得伫闻馨，轻车来去离弦箭。

2016年10月10日

满江红·瞻仰毛主席遗容

岁月沉沉，消不尽，缅怀情切。经卅载，伴团游访，略舒呜咽。含恨殡天情未已，埋忧无地愁难绝。算柔肠，恰是网中丝，重重结。

深秋夜，烟涌月，盟誓愿，犹闻说。绕灵堂辗转，我心悲咽。陈梦不随时世黯，心魔愿逐留言歇。瞻仰您，万众献丹忱，天街热。

2016年10月8日

人月圆·恭贺邵阳市诗词协会换届

资江邵水涛声远，宝庆风云。松坡儒雅，行吟马上，猿猱消停。

李园灯影，弦歌盈耳，凝聚诗心。骚坛盛事，光移塔影，风送钟声。

2016年11月

沁园春·应邀为新居落成而撰

金紫山前，眺望江天，御景建园。看群楼迭现，争奇斗美，三楼C五，向北临园。筑梦其间，精心装扮，共聚家资了凤缘。心怡悦，谢亲朋赞助，美梦能圆。

安居思绪绵绵，无穷事纷纷来眼前。忆当初南下，青春年少，夫妻打拼，荏苒经年。回望家山，廿年巨变，无悔辛勤苦后甜。雄心在，乘鸿鹄之志，再创新天。

2016年11月24日

二郎神·夫夷江畔漫步以庆新年

年光舍，念暮齿，年关闲暇。且去漫游逍遥旷野；夷江水，舟行谁驾？宜散闲愁销块垒，疾步走，虚怀无挂。极目处，金山雾散，凛凛风神日光泻。

瞅罢，莲潭妙景，古今无价。有健步途逢佳丽女，歌自乐，银铃声雅。老树逢春枝自茂，沐风雨，荒径岭下。愿群里同人，皆去欢愉，年年今夜。

2016年12月31日

青玉案·题陈吉昌老师《秋菊留影》诗

幽姿不逐寒风去，惊又见，花成圃。给水莳肥谁与抚？绽香楼宇，红黄白蕊，吉老经行处。

逸君伴汝同朝暮，彩笔新题晚香句。试问闲情都几许？金城驰誉，潇湘名美，笑对寒风雨。

2017年1月11日

踏莎行·雨中忆故人

数九寒天，雨丝凌乱，晓来码字心生盼。眼前尽是秀灵姿，多时未见佳人面。

酒氹藏春，幽思传雁，忧心只逐卿卿转。一怀愁绪怎消停？何时回访深深院？

2017年1月14日

齐天乐·佳人有约

一封微信来吾所，诚邀酒家雅处。乍听佳音，犹疑是否，能把离愁深诉，雕窗絮语？盼瑶佩亲临，玉颜关注，镜里妆新，玉颜娇艳竟如许？

欣然赴约去往，怨行车速慢，迟沐香露。岁晚天寒，衰容阅世，畅快襟怀温煦。相思寂苦，难得致温馨。顿成凄楚。细想深思，乱丝千万缕。

2017年1月20日

石州慢·丙申除夕

日月如涛，鸡岁履新，除晚天阔。南山桃蕊初红，捷足何人先折？时轮倒转，忆昔岁月峥嵘，谋生耗费心和血。犹忆战山河，是愁浓时节。

情切，年华如水，绿鬓成霜，暗销肌雪。欲挽光阴，会我少年英杰。神回今夜，群里如雨红包，帅哥靓妹心头热。梦觉再回头，与猴年轻别。

2017年1月27日

好事近·有寄

邂逅素心人，忆昔仲春时节。荏苒一年轻过，喜情深意切。

思量不见又多时，对夜空清澈。且欲赠君红豆，倩天边明月。

2017年1月27日

醉花阴·和邓昌壬先生《醉花阴·王府女》

王府丽人正年少，倾国倾城貌。疑正看诗笺，玉臂停匀，樱蕊翩然翘。

怜香何士亲拍照？印是流云造。邂逅不消魂，定是呆人，不解春情调。

2017年2月8日

清平乐·拟外出打工族咏元宵

别来月半，念岁华偷换。少壮离家重去远，拾取乡愁一串。

元宵香气频呈，异乡归梦难成。唯盼过年再见，微聊胜听箫笙。

2017年2月11日

鹧鸪天·有寄

难忘温情忆去年，一从沾染共缠绵。夜来寂寞深深念，日入相思默默煎。

常怅望，少勾连。可怜无地舞翩跹。今朝着意微诗弄，幻作鲜花献美娟。

2017年2月14日

鹧鸪天·春分遐想

婉转歌喉掌上闻，余音犹是绕梁听。风波鱼雁无消息，电讯交流入梦魂。

无绮语，致温馨。星夷驰返逾黄昏。豆红持赠风雅女，且嗅丁香诗兴升。

2017年3月20日

喝火令·致柳絮飘绵

识晚情相得，交疏爱已成。最难估算是人评。风雨浸柔春意，何处可调烹？

漫道关如铁，休提纸上兵。刚柔绕指月连星。怎奈缘悭，怎奈梦难成。怎奈梦长途远，何处唤娉婷？

2017年3月

望远行·巡田桂山赏樱花

空蒙竟月，晨光里，细雨匆匆还下。少顷车动，径向巡田，见证那樱花发。有醉风吟，约得妙人佳丽，专在店家迎迓。道崎岖，文友逶迤起驾。

优雅。山脊最宜纵目，顺水圳，看山如画。几处蕊红，数枝裹素，多少落铺山野。金桂农家邀坐，私房佳酿。性劲杯盘狼藉。把坐席拼接，交欢清夜。

2017年3月

御街行·惜春

才来便觉春归去。感杜宇，啼声苦。搔头方觉鬓成霜，佳会由他勤赴。家山南望，故交零落，迁客觉天暮。

居家慢饮头如鼓。赏晚景，消愁绪。南园搜看晚开花，悄品畸零知否？闲来生事，闭门吟咏，偏写伤春句。

2017年4月22日

菩萨蛮·有赠

玉颜酒靥余心悦，赠君果豆红如血。赋得美诗吟，听来双会心。
缘分深不惮，孰料情生变。何可诉衷肠？频年空自忙。

2017年5月3日

踏莎行·致柳絮飘绵

邂逅琼英，诗文寄慨，前番种错风流债。最难消受解连环，春风不透心门外。

红粉缘悭，蓝颜意怠，作成此局谁能解？万缘生灭梦回时，千山万壑愁难载。

2017年5月24日

忆余杭·庆六一，往蓝天幼儿园观看侄儿南鸿、外孙一航舞蹈表演

佳节初临，幼校园园传韵事。仔仔囡囡舞翩跹，亲眷眼睁圆。乐声清脆音箱里，揿动视频尽收起。夜来传送友朋圈，个个乐开颜。

2017年5月27日

卷四 词

满江红·端午怀屈原

荆楚渊源，龙舟动，夷江清澈。犹自带，沉流深浪，汉河波接。
屈子忠心存社稷，怀襄恣意将基拔。疏贤臣，放逐滞潇湘，虚年月。

哀郢覆，清泪咽；投汨沉，忠臣灭。弱羊逢豺虎，楚宫哀绝。
唯有诤臣传后世，强秦赢楚俱消歇。看年年，角黍祭诗神，端午节。

2017年5月29日

水调歌头

芒种翌日，暴雨骤至，得此篇，兼怀故乡。

雨势尔何急！夏至尚微寒。黄泉顷刻流注，渐听大江喧。异地
勾留况味，风雨阴晴岁月，转瞬两三年。不觉发须白，辜负好林泉。

试添衣，楼上下，理吟鞭。须臾得句，青山沐后更新鲜。功业
从来无意，富贵浮云天外，于我亦徒然。偷得雨中趣，不放酒杯干。

2017年6月6日

踏莎行·苦雨

　　遍洒群山，逍遥芳苑，江河溪涧条条满。金乌囚在水牢房，玉人愁蹙幽深院。

　　何处闻莺？蝶藏蜂倦，农家灶湿烟来灌。女娲何事误工期，天成漏斗生民怨！

2017年6月29日

满江红·负笈都梁卅载后，随邵阳诗词协会采风团重游旧地，感赋

　　弹指挥间，经卅载，吟坛会设。惊巨变，共瞻银翼，九天飞越。宴罢高楼聆妙论，宣风城上夜光发。结诗缘，竟夕话联床，钦风骨。

　　践云岭，心久切。车辗转，山危绝。上高台极目，纵横城阙。八十老翁豪气在，平生不怕林泉磕。归去来，一曲满江红，从头说。

2017年7月29日

太常引·赠柳絮飘绵

经年属意在芸娘，缘到聚山庄。把酒入愁肠，别无恙？会心谨藏？

难传慰藉，去留惆怅，溪岸柳丝长。苦涩共甜香。经此夜，忧思更长。

2017年8月3日

蝶恋花·致柳絮飘绵

自在风华依旧惯。豆蔻当时，姝丽无由面。体贴温柔今仅见，双眉隐恨春山浅。

缘分深时心欲显。素愿难成，落寞非缘懒。玉女金童频辗转，珠联璧合来生愿。

2017年8月13日

浪淘沙（二首）

一

柳絮又飘绵。李戴张冠。能通款曲便安然。若使瞒天能过海，拨动心弦。

无计与勾连，笔墨情缘。乌飞兔走过流年。镜里朱颜成霜鬓，误了婵娟。

二

柳絮又飘绵，春意阑珊。海棠梨蕊共勾连。湖上红蕖风袅袅，醉满人间。

临老遇雅娴，不吝诗笺。惊鸿照影碧流间。把盏樽前谋一醉？错失因缘。

2017年8月16—17日

鹊桥仙·七夕将临赠柳絮飘绵

　　秋空万里，思潮如水，夜望流云暗度。飞星佳会又来时，你恰在星城留住。

　　袄棉兼顾，娇娃同赴，昨日荧屏传语。夷江遥念意中人，此夜盼，金风玉露。

2017年8月26日

好事近·夜闻母校武冈师范已撤并，无眠作此篇

　　立校沐朝暾，育弟子传南北。正聚力凝神日，并邵城裁撤。

　　当年我亦慕名来，此际鬓飞雪。重觅故园无地，且赋伤离别。

2017年9月20日

南歌子·柳絮飘绵印象

秀色群中靓，诗才笔底囊。更兼文翰俱飘香。跋扈飞扬何虑凤高翔。

啧啧惊情重，揉揉赞志刚。一双儿女费心肠。爱深渐将愁苦易清凉。

2017年10月16日

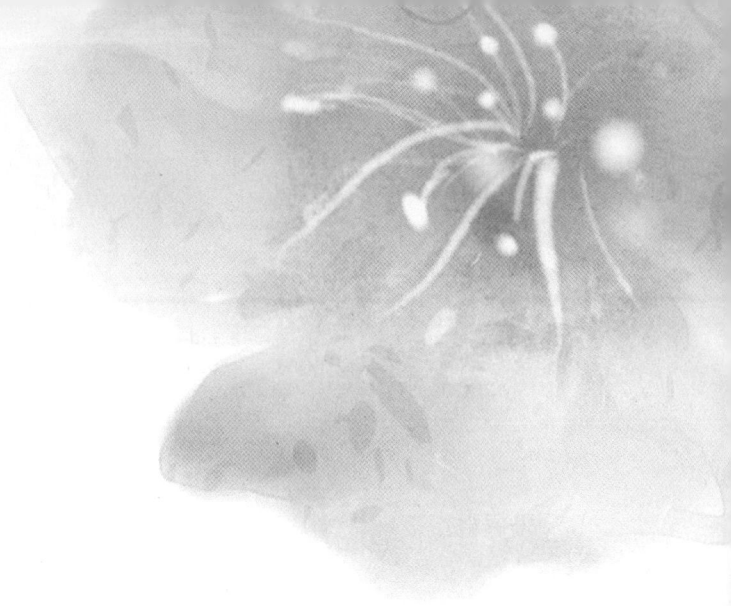

卷五　散曲

双调水仙子·马年说虎（三首）

一

完成计划政策新，慈父当年赐令名。人逢好运出头地，织网忙，索贿精。进中枢结党营亲。飙车祸，丢儿命。虎毒啊，不伤心！只缘为保金身。既贪腥，怎得安神？

二

周家老大傅师康，无地为官不遭殃。岂甘报国成良弼，赚黑钱，拥娇娘。结发妻车祸乖张。丧心狂，国秘彰。逞虎威，逆我亡。遇武郎，景阳冈，铁拳头毙命下场。

三

治军大将本姓徐，根正苗红长兴居。迩来趁势成气候，忘根本，贪念迷。巧结帮只赚不赔。藏密室，钱何用？因兼病，命安归？正义师灭虎增威。

2015年1月14日

双调·沉醉东风夫·夷江淘石

雾散天空好蓝，相携江畔盘桓。且细心，休散漫。剔凡庸，只要精尖。

到手掂量没个完。收捡后时去品删。

2015年1月26日

卷六　自度曲

游飞廉洞

万丈崖，天生地就，太阳光，初照洞头，凉风阵阵涤闲愁。

洞中洞，千回百曲，一泓泉，凛冽清幽，菩萨精怪伴貔貅。

山间径，猿猱轻熟，苍穹上，展翅白鸥，游兴未酣频回头。

1976年8月17日

观花有感

绿树绽新苞，悠然红似火。花好惜难长，逸兴浓于酒。

清夜对孤灯，惆怅忆芳友。心事付瑶琴，卿卿知道否？

20世纪末

春日伴N君M君游山采甜茶叶，撰词二首

一、赠M君

结伴西走，过高笕，心与衣袂齐飘举。暗思量，暂离樊笼，忙里偷闲，物趣获几许？

去路依稀，似相识，山肴野蔌时拾取。憩田畴，又涉溪水。茶生高树，造化真奇伟！

归来身倦，兴犹酣，巧姑秀足频叩地：越明年，清明时分，故人无恙，入山再撷美！

二、赠N君

心有灵犀，身自分离，偕游山实期一会。芳卿远我，高帽掷来，冰火两际。

归路拂尘，渡溪执手，任煎熬心蕊欲碎。缘失交臂，似密还疏，相如病废。

藕分丝隔，禁地三重，盗花蜂狂无由去。判书送后，循规蹈矩，怎敢越位？

2004年9月12日

卷七　赋

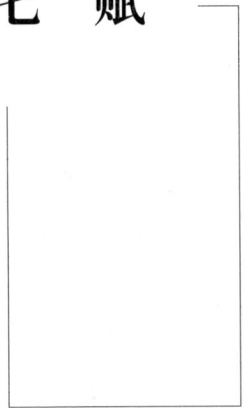

菠萝山植树赋

（以"实获我心"为韵）

　　山名菠萝，其形副实；广可三亩，高为丈一。正对旧居，去不盈尺。幼时乐土，日登六七。暮送流霞，朝迎旭日。惜无佳木，遍生藜藿。美其姿容，冠年即自筹谋；发其潜质，壮岁手植橙橘。

　　放纵逸性，空虚寂寞；劳动筋骨，换取收获。于是斩荆棘、刨乱石，早起晚睡；抬条石，砌高窾，雨淋日炙。上肥泥，发妻甘苦劬劳；引山泉，胞弟助金输帛。合力换取梯土平，心血浇灌脐树碧。

　　弱苗成林，源其在根；脊土变沃，操之由我。鬓影星星，曾日月之几何；珍珠颗颗，顾幼林其婀娜。日月转轮：早疏花、中锄草、晚除虫；物候代序：春施肥、夏喷药、秋护果。干劲勃发山间忙，逸兴遄飞林间坐。繁花招来蛱蝶飞，疏枝结出玲珑果。

　　播种汗水，收获欢心。写意描图，不计成年累月；怡情逸性，胜过掘宝分金。论担称斤，摘下果实累累，爽心悦目，蕴育快乐深深。南国不迁，脐树随我老；小赋草就，佳章任人吟。

2013年10月28日

归来赋

"田园将芜兮胡不归？"闻嘉言兮久唏嘘！虽有田园兮归未得，任由草木兮自纷披。

九十年前兮蒙奇冤，吾祖考兮挈妇将雏奔石田。自尔至今兮历五世，繁衍生息兮瓜瓞绵。此一迁兮避干戈，非所愿兮情势迫！

外来居兮力单薄，累受欺兮不胜记。受压最深兮在"集体"，仗势欺凌兮狐虎威。甘隐忍兮图苟活，于无声处兮心悲摧。兄考滑校兮连奏捷，眼红心妒兮有司纠集爪牙告状欲其被开信笺似飞雪。我欲从军兮政审过，李代桃僵兮上下其手权钱交易满怀希望"红"变"黑"！

出无路兮教民办，真有幸兮当权者流彼时不上眼。日复日兮年复年，力倦心疲兮拼命向前。

师范学校忽招生，奋力考取兮不需公社大队开证明。彼徒劳兮恨废声，咬碎钢牙兮悔莫名！

从教卌载兮鬓已斑，舍教鞭兮归故园。躲进小楼兮将成一统，修养身心兮度余年。

桑梓申遗兮如火荼，拆屋搬迁兮令予带头。舍小我兮顾大局，签合约兮不言愁。

北大门前兮建新家，夫夷江畔兮伴晚霞。遥望故园兮心牵挂，有余暇兮辄命驾！

2014年4月25日

新居赋

青壮年华，度日维艰。为问焉能，问舍求田？筑庐临街，年届天命；"申遗"阻碍，遵命拆迁。

越明年，赖政府之力，选址田村；挟"申遗"之势，夺秒争分。历时两载，新居落成。得号"北大门"，乃有天彩文化小镇之名。

其地也，西傍岚山，缥缥缈缈；东临夷水，浩浩汤汤。聚丹霞之灵气，迎旭日之辉光。湘桂公路纵贯，交通便捷；洞兴高速横空，对接城乡。金岭高韬，旦夕在望；玉泉名刹，咫尺闻香。

其房也，联墙共建，比邻而居；广狭因户数而不等，高下皆三层而有奇。两端烽火墙高耸，前后檐廊柱参差。面墙粉饰，其颜胜雪；斜坡覆瓦，檐角飞螭。有楼房之美质，具古朴之幽姿。

其人也，入住之日，退养之年。少农事之繁扰，无课业之羁绊。身虽老以犹健，心无累而易安。故而离讲台以临阡陌，散步迈腿；远犁锄而亲翰墨，学书怡神。入岚山诗苑，吟句书慷慨；聚高中同窗，卅年诉离情。须晴日，夫妻携手闲游寻野趣；逢周末，婿女将雏小聚乐天伦。

呜呼！岁月不居，余年历历；且乐今朝，不悔畴昔。命途多舛，难成大器。偶入教坛，实心诚意。虽染重疴，抱元守一。不图殊勋，可称无悔。幸喜疾患得舒，乃能全身而退。慨无激扬文字，差堪畅我胸臆。不揣浅陋，四韵以寄。诗曰：

老境衰颜气尚雄，晨昏漫步走西东。不羞身瘦苗条状，卜望诗成碧纱笼。网购奇书怡倦眼，闲敲电脑养身躬。乒乓桌上磋球艺，专守老妻我尚攻。

2014年5月14日

出扁担赋

扁担何用？常伴先民。筚路蓝缕，斩棘披荆。愚公以箕畚运于海，非担而何？舜帝浚河道通九州，舍肩焉成？

南辟运河，端赖人工，錾凿先行，编筐跟进。北筑长城，岂无块石？平基垒堰，非挑不行。农耕传承，既需身手敏捷；尤靠肩硬力沉！承肩之任，舍扁担其谁凭？

昔我少壮，回乡劳动。战天斗地，"肩"责实重。善事置器，多方筹办；选材学"出"，耗力费工，有得于心，询之于老汉；合家所用，皆我所提供。扁担之材质，竹木两分。以竹为之，简单易行。三尺短杆，节密质韧。一剖两开，节平肚挺。中粗末细，纺锤之形。两端留痕，筐索所承。急切为之，转瞬可成。

若夫木出，讲究方法。细论材质，有谚如下："一楠木，二掩杉，三扎刺，四枇杷。"楠木细密，置江沉水；掩杉抗逆，弯弓无瑕；扎刺质韧，力担千钧；枇杷色艳，观之若霞。四美难具，有一称佳。

采料时机，亦有讲究。春竹夏木，易招虫蛀。冬日伐之，劈开压直。风干十分，方可取"出"。

期年之时，喂以刀斧。锯、劈、削、刨，眯眼描估。刨之再三，刮以碗磁。中厚边薄，其肚微凸。压之使弯，放手自直。扪之滑腻，用之心舒。最忌毛躁，性急吃不了热豆腐。稍不留神，前功尽失。常言道："扁担、扁担，多扁才能担。"少则两月，多至百日。少安毋躁，水落石出。

谚曰："挖断锄头者为蠢人，挑断扁担者乃狠人。"莫蠢莫狠，且载且行；不轻不重，有益身心。

谚又曰："穷人的扁担富人的马"，足见扁担功劳大。何哉？诗云：

担崽牛郎上九霄，

求经悟净一肩挑。

新茶运往北京去，

颤颤悠悠乐逍遥！

2014年6月

卷七 赋

闲居赋

（以"俱怀逸兴壮思飞"为韵）

耳顺之年，揆别讲席，卅年辛劳，思之垂涕。人有贤愚，职分高低，苍颜白发，老与生俱。

申遗拆迁，异地安排，归养之日，乔迁宴开；觥筹交错，近悦远来；我心匪石，同乐开怀。

闲居无事，远彼田地，观书研墨，晨夕不废。处闲走动，身心两益，日行万步，夜眠安逸。

人邀牌桌，以遣时分，广交益友，输赢听命。答以技拙，非关性吝，久坐神疲，行止适兴。

或接同窗，互叩行藏。公交偶遇，姓字俱忘，相对一笑，共嗟年长！忆彼岁月，神思忽壮。

诗社初结，我亦与之，不惯苦吟，顺性写诗。偶有佳句，乐何如之！故人久违，以寄相思。

倏忽三载，日月盈亏，譬如晚霞，惜此余晖。世象纷纭，国势日威，以此耄耋，观彼崔巍。湖山无恙，逸兴遄飞！

2015年6月1日

乐生赋

（以“诗意般栖居”为韵）

沐晚霞以远望兮，境绮丽而神驰。历周甲才一瞬兮，感逝者夫如斯。昆仲比肩而接踵兮，双亲勉力以维持。世途艰险兮多变数，念忧患兮而在兹。母德修兮兼爱，教子弟以无私。感嘉言兮承教，遵懿范而奚辞！未启蒙兮重教，续先世之书诗。

遭人祸兮饥馑，非天灾而憔悴。火不举兮灶冷，腹中空而难寐。咽糠菜以饱饥兮，矢不下而落泪。遇“红流”而波及兮，陷失学之境地。母奔走多方兮求助，读插班又入夫书肆。立此基以广大兮，比牛刀之小试。沉潜书卷品至味兮，真堪激励我之志意。

公社办学，应我所盼；初中一年，秩序紊乱。隔年而遭黜落兮，云乎届别之所限。陷愚昧而彷徨兮，恩师领我以抵岸。荐入高中兮两载，地在长湖建龙之桥畔。抚今以追夕兮，师恩深重兮不一般！

返乡代课，甘作人梯；参军检验，通梳过篦，入行伍而在望兮，似闻军中之鼓鼙。横遭强权褫换兮，意落万丈而低迷。实我助兮须申谢忱，怜彼代役者之疲黧，不如意兮转退，罹疯症而惨凄！早知结果而行调换兮，恐打死彼终将不屈！军门闭而学业进兮，搏师范、拼自考而闻鸡。谋教席而企稳兮，彼讲台亦可身栖。

唯日月其逾迈兮，历卅载而疾徐。育桃李而盈野兮，任鬓发以疏稀。归田园而心喜兮，时与山川以相乘除。女继业而从教兮，孙活泼而晏如。申世遗拆屋而当先兮，妻参社保、用度得以无虞。筑新居于通途兮，心无挂碍而安居。

2015年9月18日